FRÍO

TRIO

FRÍO

JORDI SIERRA I FABRA

amazonpublishing

Título original: *Frío*

Publicado por:
Amazon Publishing, Amazon Media EU Sàrl
5 rue Plaetis, L-2338, Luxembourg
Noviembre, 2017

Producción editorial: Wider Words
Diseño de cubierta: lookatcia.com
Imagen de cubierta: lookatcia.com

Impreso por: Ver última página
Primera edición digital 2017

ISBN: 9781477818336

www.apub.com

Sobre el autor

Jordi Sierra i Fabra (Barcelona, 1947) publicó su primer libro en 1972, ha escrito más de quinientas obras, ha ganado casi cuarenta premios literarios a ambos lados del Atlántico y ha sido traducido a treinta lenguas. Ha sido dos veces candidato por España al Nobel de literatura juvenil, el premio Andersen, y otras dos al Astrid Lindgren. En 2007 recibió el Premio Nacional de Literatura del Ministerio de Cultura y en 2013 el Iberoamericano por el conjunto de su obra. Las ventas de sus libros superaron los doce millones de ejemplares en 2017.

En 2004 creó la Fundació Jordi Sierra i Fabra, en Barcelona, y la Fundación Taller de Letras Jordi Sierra i Fabra, en Medellín, culminación de toda una carrera y de su compromiso ético y social. Desde entonces se concede el premio que lleva su nombre a un joven escritor menor de dieciocho años. En 2010, sus fundaciones recibieron el Premio IBBY-Asahi de Promoción de la Lectura. En 2012 se inauguró la revista literaria en internet, gratuita, www.lapaginaescrita.com y en 2013 el Centro Cultural de la Fundación en Barcelona, Medalla de Honor de la ciudad en 2015.

Más información en la web oficial del autor, www.sierraifabra.com.

Fuimos creados para vivir en el paraíso, el paraíso estaba destinado a servirnos. Nuestro propósito ha cambiado; pero nadie dijo nunca que hubiese cambiado también el propósito del paraíso.

FRANZ KAFKA, *Consideraciones acerca del pecado, el dolor, la esperanza y el camino verdadero*

1

¿Le importa que ponga música?

No, no, para nada. Faltaría más. Es su coche.

El CD ya está dentro. Solo tiene que poner en marcha el equipo. Las primeras notas de «Take Five» suenan por los altavoces. El hombre asiente.

¿Lo conoce?, pregunta él.

Y el hombre dice:

Me suena.

No, no le suena, piensa. Miente.

Es Dave Brubeck y su grupo, le dice. Con Paul Desmond al saxo alto, le dice. Un clásico, le dice.

La música los envuelve, y arropa, y relaja, y a través de las ventanillas medio bajadas deja un rastro, un halo en la noche, una suerte de cometa invisible, sonoro, que se mece por un momento en la oscuridad antes de pasar al olvido, desvanecido como una neblina suave.

Jazz, dice él.

Jazz, repite el hombre.

No hay nada como el jazz, dice él.

Desde luego, asiente el hombre.

El rock está bien, cuando eres joven, pero luego..., dice él.

Sí, es cierto, manifiesta el hombre.

La música sigue.

¿Qué le gusta más?, pregunta él.

Oh, un poco de todo. Clásico, moderno...

Esto es *cool*.

¿Frío?

No, frío es *cold*. En inglés suena casi igual que *cool*.

Ya.

Hoy en día, todo lo que está de moda es *cool*. *Cool* por aquí, *cool* por allá, escupe las palabras con ironía. Una gilipollez. Lo *cool* ya existía en los años cincuenta como género musical, contemporáneo del *hard bop* y un paso más allá del *be bop*. Era un estilo jazzístico. Pronto se le llamó Jazz de la Costa Oeste, *West Coast Jazz*. Cuando llegó a la costa este, se apropió del término *cool*. Lo que está escuchando es de 1959.

Sabe usted mucho de eso.

Él se encoge de hombros.

¿Es músico?

No.

Pero ¿toca algún instrumento?

No.

Vaya.

Sí, vaya.

Voy a apuntarme esa canción, dice mientras tamborilea con los dedos de la mano derecha sobre la rodilla. ¿Cómo ha dicho que se llama?

«Take Five».

¿Y el grupo?

Dave Brubeck Quartet.

Luego lo anoto.

Bien.

Me gusta la gente que sabe cosas de un tema, del que sea. Uno aprende cantidad con ella.

No hay respuesta.

En lo mío hay muy poca gente que sepa mucho de nada. Ni siquiera algo.

No hay respuesta.

Soy constructor, ¿sabe? Hago casas aquí y allá.

No hay respuesta.

El hombre se calla.

«Take Five» termina, pero sigue el resto del álbum, *Time Out*.

El coche circula a unos setenta por hora. La noche es plácida. Todo está oscuro por la luna nueva. No hay apenas tráfico. De vez en cuando se cruza otro vehículo perdido. Si alguno se les acerca por detrás, él lo deja pasar. Los faros taladran la oscuridad. Los árboles, a ambos lados, son gigantes solitarios y sombríos, inmóviles por la ausencia de viento.

El silencio no dura mucho. Lo rompe su pasajero.

¿Vive por aquí?

A unos treinta kilómetros.

¿Y la gasolinera?

A unos cinco.

Aún no puedo entender qué ha pasado.

Esos coches de alquiler siempre tienen problemas.

Y que lo diga. De no haber sido por usted, me habría muerto en esta carretera y a estas horas. No creo que hubiera parado nadie.

No, nadie.

Y eso que el coche iba bien. No lo entiendo. Pero todo ha sido detenerme en ese sitio para tomarme un café y luego...

Son cosas que pasan.

Si llega usted a adelantarme...

No suelo correr riesgos.

Las agencias de alquiler deberían tener un servicio las veinticuatro horas, ¿no cree?

Sí.

¿Habrá un mecánico en la gasolinera capaz de arreglarme el coche esta noche?

No.

Es lo que me temo. Qué contrariedad. Pensaba llegar, dormir un poco... Tengo una reunión mañana temprano, ¿sabe?

Sí, lo sé.

El hombre lo mira.

¿Ah, sí?

Y es en ese momento cuando él se aparta de la carretera apenas unos metros.

Y se detiene tras unos árboles.

Y apaga las luces y el motor.

Y saca el arma.

La pistola, con el silenciador incorporado.

Le apunta.

Ahora el silencio es tan profundo como la oscuridad.

¿Qué hace?, pregunta el hombre.

Lo siento.

Y el hombre lo entiende.

De pronto, lo entiende todo.

No jodas...

Sí.

¿Por qué?

Él se encoge de hombros.

¿Quién?

Más silencio.

¿Y toda esta charla?

Quería saber algo.

¿Y lo sabes?

No, pero ya da igual. Es tarde.

Espera, espera...

No espera.

La bala salta del cañón del arma a la frente del hombre. Una distancia corta. Apenas una millonésima de segundo. El agujero por el que penetra la muerte y por el que sale la vida es pequeño. Un botón rojo. El tercer ojo. Casi dan ganas de decir *namasté*.

Casi.

Luego baja del coche, da la vuelta, abre la puerta del otro lado, deja que el cadáver se deslice hasta el suelo, le registra los bolsillos, se lo lleva todo para deshacerse de ello en cualquier otra parte, no deja nada al azar, se toma su tiempo.

Su tiempo.

Frío y profesional.

Frío y profesional.

Frío.

Cuando vuelve al coche, a la carretera, el rastro sonoro de «Take Five» vuelve a dejar la rítmica huella de su paso invisible a su espalda.

2

Barcelona es hermosa cuando hace sol.

Cuando hace sol y las manadas de turistas van y vienen en los autobuses de colores, o a pie, con sus cámaras, fotografiando piedras. Ellas con escotes de vértigo, pechos potentes, carnes rosadas, gafas y gorras, *shorts* y sandalias. Ellos con aire hortera, camisetas vulgares, pantalones a cuadros, mapas desplegados en las manos.

Barcelona es hermosa porque siempre calla.

Nunca se queja.

No protesta.

La mierda por metro cuadrado en las Ramblas o en la plaza de Catalunya por la noche es proporcional a su éxito turístico.

Ya se sabe: nada como morir de placer.

El orgasmo de las ciudades es igual que el del cabrón que se corre en la boca de una puta.

Por eso, al llegar a su casa y ver a un gilipollas orinando en la fachada, siente deseos de cortarle la polla.

El gilipollas también lo mira a él.

Y sonríe.

No será de felicidad por su polla, que es pequeña.

Hey!

La palabra brota de sus labios como un canto.

Y cuando él agarra la piedra de las obras de la acera, al turista se le corta la sonrisa, la palabra y el río, y huye por pies, ridículo, mojándose los pantalones mientras intenta subirse la bragueta.

Amanece.

Está cansado, pero no tiene sueño. Deja la bolsa en el comedor, va a la cocina y agarra la botella de leche de la nevera. Está fría, muy fría. Regresa con ella al comedor y abre la ventana para que circule el aire después de los días que la casa ha estado cerrada. Los sorbos son largos, profundos. Desde la ventana ve la franja azul del Mediterráneo. El mar lo relaja. Los que no tienen mar no saben lo que se pierden. El agua es la vida. El agua es la vida salvo el día que optó por ahogar al brasileño. Fue un trabajo limpio.

El cadáver nunca apareció.

Piensa en acostarse.

Pero, primero, el trabajo.

Entra en su estudio, deja el arma y la botella de leche en la mesa. Luego se sienta y desmonta la pistola, pieza a pieza, para limpiarla, para estar seguro de que todo funciona y seguirá funcionando. Después fundirá el cañón en el taller y fabricará otro, artesanal. Así las balas nunca podrán ser rastreadas. Jamás revelarán de qué arma salieron. Todas tendrán sus propias estrías.

Pero eso será luego.

No hay prisa.

Cuando se tumba en la cama, coge el mando a distancia y cierra los ojos arropado por Gerry Mulligan.

Suspira.

El mar lo relaja.

Y el jazz.

Y poco más salvo, quizás, Petra.

La llamada se produce a las cinco y cuarto de la tarde.

Se ha dormido.

Vestido, encima de la cama.

No ha de preguntar quién es. No hace falta.

Hola, señor Gonzalo.

¿Qué hay, Leo?

Bien, muy bien.

¿El trabajo...?

Perfecto. Ningún problema. Y a tiempo, aunque ya sabe que me gusta tomármelo con calma.

No siempre se puede.

Ya, ya.

¿Limpio?

Sí.

¿Por qué no me has llamado?

Me he dormido, lo siento. He conducido toda la noche.

Bueno, no importa, aunque me estaba inquietando.

Ya sabe que no ha de hacerlo.

Lo sé.

¿Cuándo le he fallado?

Nunca.

Bien.

¿Cómo...?

Fue bastante justo, pero tuve suerte. Paró y pude manipularle el coche que había alquilado. Luego lo seguí de cerca y lo recogí. Un tipo gris.

Sí, gris, el hijoputa.

Dejan de hablar. Los silencios telefónicos son los paréntesis de la incertidumbre.

Espera.

Pásate a cobrar cuando quieras, dice el señor Gonzalo. Le diré a Matías que te lo tenga preparado.

El bueno de Matías, el contable silencioso.

De acuerdo.

En metálico. Siempre en metálico. Y nada de ingresarlo en el banco. Para eso está la caja fuerte del estudio.

Gracias, Leo.

No tiene por qué dármelas, señor.

Hasta la próxima.

Claro.

El señor Gonzalo es el primero en colgar.

Con él nunca le ha faltado trabajo.

Deja el teléfono y sigue en la cama, relajado, con los ojos abiertos mirando una pequeña mancha de humedad del techo que tiene forma de elefante.

Hombre, Leo.

Hola, Tomás.

¿Has estado de viaje?

Sí.

Tú sí que vives bien.

Se hace lo que se puede.

¿Lo de siempre?

Claro.

Se acoda en la barra. Tomás se mueve rápido. Parece tener ocho brazos, como un pulpo. Los dos cruasanes aterrizan primero. Luego el sobre de Cola Cao y el vaso de leche fría. Pese a la hora, tardía, aún queda personal desayunando en el bar o tomando la primera cerveza del día.

Con el televisor apagado, es el mejor momento.

Solo fastidia el ruido de la tragaperras, siempre funcionando, siempre con algún incauto echándole monedas, convencido de que con las siguientes la máquina le vomitará lo invertido.

Seguro.

El hombre que está sentado junto a él enciende un cigarrillo.

Señor...

¿Qué?

Ya no está permitido fumar en los bares.

Coño.

Y le da una profunda calada.

Señor, apáguelo.

¿Y si no me da la gana?

Leo no habla. Solo le mira. Tiene los ojos metálicos.

La nariz grande.

Los labios rectos.

La mandíbula partida.

La cicatriz en la mejilla derecha.

Todo eso.

Pero es la mirada, directa, fija.

Una mirada que habla, dice, expresa, grita.

¡Joder, la puta que parió...!

La voz del hombre se eleva por encima de sus cabezas. Los miran. Tomás se acerca, por si acaso. Leo no aparta sus ojos del fumador.

El hombre está rojo.

Vencido.

¡Tanta mierda, tanta mierda!, se levanta llevándose su furia con él.

A su casa.

Tal vez a su mujer.

Leo muerde el cruasán, echa el Cola Cao en el vaso. Con la leche fría cuesta más de diluir, pero es paciente, mueve la cucharilla en círculos.

Tomás agita la cabeza.

Mira que eres raro, dice. No te gusta el fútbol, no fumas, no bebes... ¡Raro de cojones!

Leo sigue removiendo la leche con la cucharilla.

Muerde por segunda vez el cruasán.

Si estuviera relleno de chocolate estaría mejor.

Petra le pasa la lengua por la cara, como a él le gusta después de hacerlo. Le besa los ojos, la nariz, la boca.

Y lo mira.

Lo mira.

No le habla hasta que su respiración se acompasa y el corazón mengua la intensidad de sus latidos. Ella lo siente porque tiene la mano en su pecho.

¿Bien?

Sí.

La tenías grande.

No me adules.

Es verdad.

Tú estabas muy mojada.

Tú haces que me moje mucho.

Petra...

Coño, que hablo en serio. Lo sabes desde hace la tira.

Abre los ojos, que siguen sabiendo a ella, a su saliva, y la contempla.

Cabello negro y desparramado, pupilas oscuras, boca grande y generosa. Dos mujeres en una. Hábito y misterio.

Y Petra que le dice:

Por ti dejaría esto.

No seas estúpida.

Podríamos irnos, lejos, los dos, a vivir en una playa del Caribe.

Te morirías en dos días.

Contigo no. ¿Cuánto dinero tienes?

No lo sé.

Sí lo sabes.

No, no lo sé.

Todo el mundo sabe cuánto dinero tiene.

Pues yo no.

Coño, Leo, ¿hay algo que te importe en la vida?

Vivir.

Ya, pero ¿cómo?

Se encoge de hombros.

Vivir libre, dice.

Nadie es libre.

Yo sí.

Ni siquiera sé en qué trabajas.

Voy y vengo.

Ya.

¿Para qué quieres saber más?

El hombre misterioso.

Lo que no se sabe no hace daño.

Así que es peligroso.

No.

Vives de rentas.

Él le sostiene la mirada. En la cama, desnuda, después de hacerlo, aún empapada por el sudor que, lentamente, va secándose, es igual de voluptuosa que vestida. Por eso le gusta quitarle cada prenda despacio, poco a poco, apretarle los pechos, pellizcarle los pezones, hundirle la lengua en el ombligo, pasarle la mano por el sexo ya mojado. Todo menos comerle los pies, porque los pies de Petra no son bonitos. Es lo único impropio de ella.

Tengo treinta y cinco años. Pronto se me empezará a caer todo.

No seas tonta.

Podrías aprovechar lo mejor de mí.

Ya lo hago.

Eres un hijoputa.

Supongo.

¿Cuánto hace que...?

Petra.

¿Sí?

¿Quieres callarte?

Claro, sumisas las quieres tú.

¿Qué te pasa hoy?

Nada.

Me estás dando la vara.

Pues no sé.

Dímelo.

La pequeña batalla ocular es rápida.

Mañana es mi cumpleaños.

Felicidades.

Petra le coge el sexo con la mano. Lo sostiene así, flácido, ya vencido. Se lo acaricia como si quisiera volver a ponerlo en marcha. Por inercia, se pasa la lengua por los labios.

He de buscarme un cliente rico que me mantenga.

Él calla.

Lástima que tú me gustes.

Él calla.

Joder..., Leo.

Él calla.

Entonces ella apoya la cabeza en su pecho, se arrebuja al amparo de su brazo y, sin dejar de jugar con su polla, suspira y cierra los ojos.

Todo menos llorar.

Sabe que a él no le gustan las lágrimas.

El que paga, paga para ser feliz.

Un canal. Otro. Otro. Otro.

Película. Película. La primera, treinta minutos más tarde. Cadena generalista. Película. Película. Película. Canal codificado. Otro. Otro más. Cadena generalista. Otra. Otra. Otra. Otra. Otra. Tres cadenas seguidas con *reality shows* estúpidos con desconocidos fingiendo ser estrellas. Serie. Serie. Serie. Humor. MTV. Serie. Serie. Diez canales infantiles. Más películas. Las mismas, treinta minutos después. Más películas. Más. Más. Más...

Y más canales deportivos, unos codificados, otros abiertos...

National Geographic. Historia. Viajes. Discovery...

La mano se mueve intermitente sobre el mando a distancia.

CNN. Fox. Francia. Inglaterra. Al-Jazeera. Y música. Música. Música.

Se agotan los canales.

Se agota el tiempo.

Con el último, apaga el televisor y el Canal Plus.

Reclina la cabeza en el respaldo de la butaca.

La voz de Tomás:

Mira que eres raro. No te gusta el fútbol, no fumas, no bebes... ¡Raro de cojones!

La voz de Petra:

Coño, Leo, ¿hay algo que te importe en la vida?

Todas las voces.

La música.

¿Por qué no un viaje a Nueva Orleans para escuchar jazz?

¿Por qué no?

3

Buenos días, Leo.

Buenos días, doctora.

No viniste el último día.

No.

¿Por qué no avisaste?

No pude.

Sabes que...

Le pagaré la hora igual, como siempre.

No es eso.

Ya, pero...

Podría haberle dado ese tiempo a otro paciente.

¿Ahora los llama así?

Algunos no vienen por su propio pie.

¿Están más locos los que no vienen por su propio pie?

Siéntate, va.

Le gusta hablar con ella. Es una mujer un poco más joven que él, como de cuarenta y dos o cuarenta y tres años. Pero la llama de usted. Ella, en cambio, le tutea. Lo de ir a visitarla se le ocurrió viendo *Los Soprano*. El tío va al psiquiatra. El tío va al puto psiquiatra, que además es mujer. Se tira a una *stripper* en su club y va a la psiquiatra. Mata a un prójimo y va a la psiquiatra. Se reúne con su grupo mafioso para decidir sobre la vida o la muerte de otro clan y va a la psiquiatra. Genial.

Así que se buscó una. Solo para hablar.

Hablar.

¿Has estado fuera?

Sí.

¿Por tu trabajo?

Sí.

¿Cuánto hace que vienes por aquí?

No sé.

Sí lo sabe. Casi un año. Lo cumple el mes próximo.

Sí lo sabes. Casi un año. Lo cumples el mes próximo.

¿Ah, sí?

Sí.

Bueno, se encoge de hombros.

Y todavía no me has dicho en qué trabajas.

No creo que sea necesario.

Yo sí lo creo.

Piensa en el hombre del coche. Y antes, en los otros.

Piensa en ellos.

Los manda al otro mundo.

Sí.

Digamos que tengo una agencia de viajes, lo resume.

Una agencia de viajes, repite ella.

Digamos.

¿Te das cuenta de que no colaboras mucho?

Colaboro mucho.

¿Cómo lo sabes?

Hablo más aquí, en una hora con usted, que el resto de la semana.

Así que vienes solo a eso.

Es lo que hacen los psiquiatras, ¿no? Escuchan.

Es algo más, Leo.

No. Yo hablo y usted escucha. Al cabo de cinco años me dice que he mejorado y yo me lo creo.

¿Me tomas el pelo?

No.

Me parece que sería mejor dejar esto. No creo que me necesites.

La necesito.

Entonces dame un resquicio.

Le cuento cosas. Me abro.

El móvil suena en ese momento.

Su zumbido característico.

Leo, apágalo, dice ella.

Lo mira un momento. Frunce el ceño. Se muerde el labio inferior. Pero la obedece. Lo apaga. La doctora Constanza es inflexible. En una estantería de su consulta tiene varias fotos. Tres hijos. ¿Ya es abuela? La encontró de casualidad. Le gustaría preguntarle si ha visto *Los Soprano*. Lo hará. Lo hará. Pero no hoy.

Vuelve a guardarse el móvil.

El señor Gonzalo se enfadará.

Cuéntame qué has hecho esta semana, dice ella.

Piensa en el hombre.

En su cara, en el último suspiro, en su sangre.

Según como se mire, hice que este mundo fuera un poco mejor.

¿Ah, sí?

Sí.

¿Cómo?

Arenas movedizas. El hombre era un hijo de puta, claro. Pero el señor Gonzalo...

Ayudé a limpiar algo.

¿Para una ONG?

Oiga, ¿qué tiene que ver lo que hice estos días? ¿Por qué no hablamos de mi infancia, o mi adolescencia? ¿No es ahí donde salen todos los traumas?

¿Y cuál es tu trauma?

Se mueve en su asiento.

En *Los Soprano*, la psiquiatra, además de estar más buena, le seguía el rollo a Tony Soprano. Y le daba caña.

Quiere caña.

Quiero contarle algo.

Adelante.

Cuando tenía trece años apareció un matón en el colegio, arranca. Desde el primer día que llegó la tomó conmigo. Hostia va, hostia viene. Fue demoledor. Dos o tres meses muy duros. Hasta que un día, jugando al fútbol (aunque no sé por qué jugaba, si a mí no me gustaba el fútbol, supongo que sería para impresionar a alguna chica, tampoco me acuerdo), se me echó encima en pleno partido gritando: «¡Voy a por ti, Leo! ¡Voy a romperte todos los huesos!». Entonces yo le di una patada entre las piernas y lo tumbé. Pensé: «Estoy muerto». Pero cuando salió de la enfermería, no me hizo nada. Quiero decir que... pasó de mí. No sé si me explico. Aún no entiendo qué sucedió. Podría haberme aplastado y en cambio no lo hizo.

¿Por qué me cuentas esto ahora?

No sé. Creí que le interesaría saberlo.

Me interesa.

Bien.

¿Quieres hablar de la violencia?

¿Señor Gonzalo?

¿Dónde coño estabas?

No podía coger el teléfono.

¿Estabas en pleno orgasmo?

Conduciendo. Y tenía a la poli al lado.

Vale. Ven.

Y va.

Primero, le pone la foto en las manos.

Yolanda Arias Velasco. La dirección está detrás.

El nombre le golpea la mente.

La imagen de la foto le corta el aliento.

No es una mujer.

Es una diosa.

Toda ella.

Toda.

Ella.

Alta, como de metro ochenta, cabello negro, ojos intensos y enormes, labios gruesos, nariz pequeña, rostro simétrico, hombros largos y rectos, pecho medido, cintura breve, piernas largas, manos y pies perfectos. Todo a la vista, porque la foto es de estudio y va en bikini.

Un bikini muy muy pequeño.

¿Quiere que...?, pregunta.

Claro.

No mato a mujeres.

A esa sí.

¿Por qué?

¿Desde cuándo preguntas tanto?, frunce el ceño.

Desde que me pide que mate a una mujer.

¿Es porque está buena?

También. Da pena estropear algo tan hermoso.

¿Te gusta la belleza?

La belleza me duele.

No te veo a ti yendo a museos.

Pues voy.

No te preocupes. Te pagaré un extra.

No se trata de dinero.

¿Escrúpulos?

Bueno, y si es así, ¿qué?

Leo, Leo, Leo…, le pasa una mano por encima de los hombros, amigable, y eso lo hace más peligroso si cabe. Hay gentes buenas y malas, gentes que merecen vivir y gentes que merecen morir. Personas inocentes que acaban mal y personas culpables que siguen bien. ¿He de hablarte de la filosofía de la vida? ¿He de hablarte de mi filosofía?, recalca el «mi» como si fuera un dogma de fe. Yoly la cagó. La cagó del todo. Sabes que en lo nuestro, un error, por pequeño que parezca, puede suponer la diferencia entre el éxito y el fracaso. No hay que cometer descuidos, ni dejar nada al azar. No me gusta arrancar algo tan hermoso de la faz de la Tierra, pero…, sube los hombros haciendo un gesto de infinita, infinita y serena paciencia. Se lo buscó. Ella se lo buscó.

¿Cómo?

El señor Gonzalo se irrita.

Ha matado a otros por menos.

Aunque, si lo mata a él, ¿quién le hará la limpieza?

Después de tantos años...

Se acostó con un poli, suspira. ¿Puedes creerlo? Se acostó con un jodido poli cabrón hijo de puta.

¿Le dijo algo?

No lo sé. Pero después de estar conmigo, va y se acuesta con un poli. ¿Qué he de pensar? Basta un desliz, un comentario, lo que sea, y los tendré a todos en el puto culo mordiéndome las pelotas. Ni siquiera sé si él se lo hizo con ella para sonsacarle información o si fue accidental o, incluso, si ha llegado a enamorarse del tipo. Todo es posible. Cuando un tío y una tía follan, todo es posible. En pleno orgasmo uno suelta las gilipolleces más inauditas. Y en pleno ataque pasional hasta la mujer más fuerte es capaz de rendirse.

¿Qué sabe Yoly de usted?

Ni idea. Pero todo el mundo tiene oídos, imaginación, suma dos y dos... No es tonta. Oh, no. Yoly es lista. La mejor. Sobre todo en la cama. Tiene un pedazo de terciopelo mojado que es una gloria. Ella tenía que imaginar que después de estar conmigo, hacérselo con un poli era tentar a la suerte, jugar a la ruleta rusa.

O sea, que le contó algo.

¡Y yo qué sé, hombre! No recuerdo... ¿Qué te pasa?

¿Es modelo?

Y puta. De altos vuelos. Para fines de semana en el Caribe.

¿Cómo pudo pagarla un poli?

¿Lo ves?

Ya.

Demasiadas sospechas, Leo. Mejor prevenir. No voy a matar al poli, ¿verdad?

No.

Tú no matarías a un poli, ¿verdad?

Tal vez, ¿por qué no?

Vuelve a mirar la foto. Los ojos se salen del papel y le atraviesan. Son de fuego. Una mujer así corta la respiración, produce sudores fríos. Se la imagina con el señor Gonzalo y le sudan las manos.

Siempre le sudan las manos cuando algo lo incomoda.

O le fastidia.

O le desagrada.

Y, además, allí el aire siempre está enrarecido, es denso, pesado, porque es un despacho sin ventanas. No las quiere. Tiene miedo de que un tirador lo fulmine. Así es su jefe. Precavido. La mayoría de las veces, la única luz es la de su mesa, una lámpara vulgar y corriente que vierte un cono blanco y amarillo boca abajo, con lo cual las sombras son demoníacas si perfilan el rostro o difusas si se confunden con las formas corporales.

Sí, así es el señor Gonzalo.

El mismo de siempre.

Trabaja en la Agencia Stela, para todo: para fotos, pases o clientes ricos. Vamos. Ponte en marcha.

Sabe que necesito mi tiempo.

No.

Estudiarla, ver la forma, dónde, cómo. Usted lo sabe, señor Gonzalo. Tiempo. Es la clave para no cometer errores e impedir que me cojan. Un simple rastro y la pasma es capaz de todo.

No sé si sigue viéndose con el poli, pero es posible que sí. No puedo estar pendiente de sus pasos o llamadas. Si lo hace...

¿Vive sola?

Sí.

¿Estuvo mucho tiempo con ella?

El suficiente.

¿Tiene amigas, familia...?

No lo sé.

¿Escribe un diario?

¡No lo sé!

Un hombre que decide sobre la vida y la muerte de los que se mal cruzan en su camino es peligroso. Y más si se le acorrala. Y más si teme por sí mismo. Y más si se enfada y se vuelve loco.

Lo mismo que Robert de Niro haciendo de Al Capone en *Los intocables de Eliot Ness*, ha visto cómo le reventaba la cabeza a uno, en su caso, con una estatuilla de bronce.

Aquel día le dijo:

Este muerto te lo descontaré a ti del próximo trabajo, Leo.

Y Leo le respondió:

No me ha dado tiempo...

Y el señor Gonzalo fue categórico:

Pues haber sido más rápido.

Ahora se guarda la foto en el bolsillo, y al momento le quema.

Leo.

¿Sí?

No la mires a los ojos.

Hola, Matías.

¿Qué hay, Leo?

¿Tienes lo mío?

Claro, hombre.

El brazo derecho del señor Gonzalo. No lleva libros porque todo lo tiene en su cabeza. Si le da una embolia se le apaga el disco duro. La contabilidad legal sí está limpia. A rajatabla. Por si viene Hacienda a inspeccionar. Todo en solfa. La suerte es que el dinero negro corre como el Ebro, hasta el gran delta, donde sedimenta.

¿Has venido a ver al señor Gonzalo?

Sí.

¿Por placer?

¿Cuándo he venido a ver al señor Gonzalo por placer?, sonríe.

También es verdad.

Matías abre la caja fuerte.

El dinero se amontona, forma pilas, montañas. Todo un espectáculo. Puede que ni ellos sepan cuánto hay.

Bueno, Matías sí. Hasta el último céntimo.

¿Lo quieres como siempre?

Ya sabes que sí. De cien, como mucho.

Luego te abulta un huevo.

Que abulte.

Vale.

Lo cuenta.

Dedos ágiles, manos suaves. Matías es un cincuentón orondo, elegante, discreto. Hace *footing*. Cada mañana hace *footing*, con su medidor de pulsaciones y todo ese rollo. Su novio es más joven. Ha de cuidarse. El señor Gonzalo se ríe de él:

«Te dará un infarto corriendo, igual que a mí me lo dará sentado. Y, sinceramente, prefiero que me dé sentado».

Matías tiene el cabello blanco, lleva gafas, luce pajarita.

El hombre de la pajarita.

Es un gay discreto.

Toma, le da el dinero.

Sí, abulta. Lo sopesa. Dame una bolsa de plástico, hombre.

Mira que eres...

No pasa nada.

Por mí...

Le da una bolsa del jodido Corte Inglés.

Dame otra, que una sola no aguanta.

Ya dejarás de pedir, ya. ¿Solo has venido a cobrar? Tú nunca tienes prisa.

Hay un encargo.

¿Otro?

Sí.

Joder...

Ya sabes cómo es.

Demasiado. ¿De quién se trata?

¿Por qué no le preguntas tú?

Vale, hombre.

Prefiero no hablar de ello.

Debe de ser esa zorra, la que se acuesta con un poli. Está nervioso por eso.

Tú lo sabes todo, ¿eh?

Tengo ojos para ver y oídos para oír.

Y es un perro fiel.

Lo observa con curiosidad.

¿Nunca te cuestionadas nada, Matías?

No, ¿por qué? ¿Acaso lo haces tú?

A veces.

¿Cuánto hace que nos conocemos, Leo?

Mucho. ¿Cuánto llevas tú con él?

Muchísimo, dice, y saca a tomar el sol la doble fila de sus dientes peleando por el espacio en mitad de su boca.

El bueno de Matías.

Se pregunta cómo será el novio. No se lo imagina.

Coge el dinero.

Nos vemos, se despide.

Claro, Leo.

No te lo gastes todo, y señala la caja fuerte, todavía abierta.

No sabría en qué.

Siempre se sabe en qué cuando se tiene. Y también cuando no se tiene, Matías.

Eres un poeta.

Bob Dylan revisited, dice.

Pero Matías ya no llega a tanto.

La foto.

Yolanda Arias Velasco.

La foto.

Agencia Stela.

La foto.

Unas señas y poco más.

No es una noche cualquiera. Es la noche de la foto. La noche de Yoly. La noche del silencio. La noche de las preguntas sin respuesta, las voces mudas, los gritos ahogados, las dudas. La noche del vértigo.

Todas esas noches.

Y lo mismo que la mosca atrapada en la tela de araña, sigue mirando la foto.

La foto de La Mujer.

Mierda, gime.

Se la imagina con el señor Gonzalo.

Se la imagina con el poli.

Se la imagina con todos los que han podido, pueden y ya no podrán pagarla cuando esté muerta.

Mierda, suspira.

La belleza puede ser un don o un castigo.

La perfección, una afrenta a los sentidos.

Y el destino, una trampa.

El destino, mezclado con el azar, siempre acaba siendo una trampa.

La última vez que había visto a Yolanda, Yoly, ella tenía apenas cinco años.

Parecía haber llovido mucho desde entonces.

Una eternidad.

Mierda, se hunde.

Agencia Stela, buenos días, ¿dígame?

Buenos días.

¿En qué...?

Yolanda.

¿Yolanda?

Esta noche.

La pausa es breve, rápida. También el cambio de inflexión.

¿Sabe las tarifas, señor?

Sí.

¿Está de acuerdo?

Sí.

¿Puedo preguntarle quién le ha dado el nombre de Yolanda?

No.

No hay problema. Su satisfacción siempre está garantizada. ¿Me dice en qué hotel se hospeda?

No tengo hotel. Deberá ser en su casa.

La mujer capta el tono de voz.

La voz de alguien que acostumbra a mandar.

La voz de alguien que tiene poder.

¿Podría llamarme dentro de... diez, quince minutos? No sé si esta noche la señorita Yolanda estará libre. Por lo general, las citas se conciertan con antelación, y con tan poco tiempo...

De acuerdo.

En caso de que no pudiera ser ella...

Tiene que ser ella.

Claro, señor. Perdone.

Diez minutos.

Corta la comunicación. Su número no deja rastro. A la larga noche le está siguiendo un largo día. Hay muchas formas de matar a alguien. Muchas. Pero solo una es la buena.

No llames, le ha dicho su instinto.

Y ha llamado.

¿Por qué?

¿Es por la foto?

¿El deseo?

La Yolanda del señor Gonzalo. La Yolanda del poli. La Yolanda de todos los hombres capaces de pagar su precio. La Yolanda del terciopelo húmedo. La Yolanda de su pasado.

Tantos años.

La Yolanda de Gabriel Arias.

El jodido Gabri.

Esta es mi hija.

¿Qué hace contigo?

Su madre me la ha dejado.

Su madre está loca.

Venga, tío. Déjame presumir de niña.

Y presumía.

La sujetaba de la mano. Brillaba. Una pequeña maravilla. Cinco años y ya parecía una mujercita. Lo miraba con sus ojos negros, desafiante. Ya había en ella algo espectacular. Una promesa.

Un mañana.

Es guapa.

Se parece a Blanca.

Y que lo digas, porque a ti...

Míralo, el guaperas.

Sabes que sí.

Para lo que te sirve…

Anda, cállate. ¿Adónde vamos? ¿Qué hacemos con una niña de cinco años?

Llevarla al Tibidabo.

No jodas.

Esa lengua, hombre...

No jodas.

Como se lo diga a Blanca no me la deja nunca más.

El día que te fuiste a vivir con ella siendo un crío tenía que haberte sacado el cerebro para que lo examinaran en un laboratorio. Eso y cortarte la... el pito.

Papá.

¿Sí, cariño?

¿Este es el señor capullo que decías?

Agencia Stela, buenos días, ¿dígame?

Diez minutos.

Su voz de hombre poderoso es buena. Derriba muros. Vence voluntades. La de la mujer se convierte en una arenilla viscosa y afable.

Ningún problema, señor, dice; la señorita Yolanda le recibirá con mucho gusto, dice; a las nueve de la noche, si le parece bien, dice; el trato no tiene límite de horas ni de contactos íntimos, dice; el pago puede hacérselo en metálico a ella misma, dice; no se aceptan cheques, dice; si paga con tarjeta, podemos mandarle a alguien donde diga con el terminal portátil, dice; el importe total...

Toma nota.

Importe y dirección.

Gracias.

Disfrutará usted de algo verdaderamente intenso, señor.

Buenos días.

Corta la comunicación por segunda vez.

Le sudan las manos.

Malo.

Le sudan las manos.

¿Qué está haciendo?

Conocer a la víctima, tratar de convencerse a sí mismo en voz alta. Como siempre.

Pero no es como siempre.

Nunca ha matado a una mujer.

Nunca ha matado a una mujer como Yoly.

Nunca ha matado a la hija de un amigo.

Aunque el maldito Gabri lleve casi más años muerto y evaporado que los seis millones de judíos convertidos en humo en los campos de exterminio nazis.

Leo, ¿sabes la noticia?

¿Qué noticia?

Han encontrado muerto a Gabri.

Entonces aún tenía amigos, o conocidos.

Entonces todavía le daban malas noticias.

¿Muerto?

Sí, tío.

¿De qué ha muerto?

Se pasó con la dosis.

¿Gabri estaba colgado?

Coño, ¿cuánto hacía que no lo veías?

No sé, cinco, diez años.

Pues ya ves.

Silencio.

Con lo amigos que erais...

Se fue a Madrid. Ni siquiera sabía que había vuelto.

¿Irás al entierro?

No.

¿Por qué?

No me gustan los entierros.

No le gustan a nadie, pero la gente va. Supongo que también es una prueba de que seguimos vivos.

Paso.

Qué cabrón...

¿Irá su hija? Debe de tener ya veinte años o...

Ni idea, ¿por qué?

Por nada.

¿La conocías?

Una vez. Me llamó «tío Leo».

Y se lo repite:

Qué cabrón.

Gracias por decírmelo, Segis.

Oye, ¿qué haces? ¿Qué es de tu vida?

Voy tirando.

Pero ¿te va bien?

No me quejo.

Si tienes algo para mí... Son tiempos chungos, ¿sabes?

Vale.

¿Vale, qué?

Eso, que vale, que tomo nota.

Y lo dijo por tercera vez, con más énfasis:

¡Qué cabrón!

Vete a la mierda.

Le colgó y no volvió a verlo.

Siete de la tarde, el baño.

Con la bañera llena, el agua caliente, relajado.

Afeitarse.

Escoger la ropa.

Sobre todo la interior.

Ocho de la tarde, vestirse.

Demasiado pronto.

Luego ha de esperar quince minutos.

La foto.

Se la sabe de memoria.

No lo hagas, dice.

Pero no se escucha a sí mismo. Tiene que hacerlo para entrar en el mundo de Yoly, de Yolanda Arias Velasco. Tiene que hacerlo para saber quién es, cómo y por dónde se mueve, buscar la forma de preparar su muerte. Cumplir con el señor Gonzalo.

¿O esa es la excusa?

Piensa en Petra.

En Petra y en su sueño de irse con él a vivir a una isla del Caribe.

Pobre Petra.

A años luz de una Yoly.

Ocho y media.

Sale de casa. Ningún detalle en su ropa, elegante, informal. Ningún papel en los bolsillos. Ninguna identificación. Solo el dinero. Una fortuna. Una verdadera fortuna. Y no puede pedírselo al señor Gonzalo. No para acostarse con Yoly. Quizás le diga que ha tenido más gastos de los normales para resarcirse. Quizás.

Pensar en dinero de camino a su encuentro le incomoda.

Pero solo con dinero puede tenerse a una mujer como ella.

La maldita pasta.

Taxi.

Doce minutos.

Nueve menos nueve.

Si llega antes, precipitado. Si llega más tarde, informal. Si llega puntual, metódico. Si llega antes, ansioso. Si llega más tarde, indiferente. Si llega puntual...

La casa es lujosa. Zona noble. Calle Ganduxer, por encima del colegio de las Teresianas. Ya no hay conserje. Mejor. Con suerte, subirá y bajará sin testigos. Es el ático. Mira la fachada. Desde la acera de enfrente divisa el último piso. Luz. El cielo. El cielo con su ángel. En unos minutos poseerá lo imposible: su cuerpo.

¿Cuántas almas se esconden dentro de una modelo y puta de lujo?

¿Por qué siente ira?

¿Por Gabri?

¿Por su trabajo?

Coño, Gonzalo..., suspira.

Una vuelta a la manzana.

Las nueve menos un minuto.

Llama al timbre del interfono. Uno, dos, tres.

¿Sí?

¿Cómo la llama?, ¿Yolanda o Yoly?

¿Yolanda?

Sube.

Un zumbido y un chasquido. La puerta del paraíso se abre. Cruza el vestíbulo y alcanza el ascensor. Entra en el camarín. Pulsa el botón.

El cubículo se eleva.

Se eleva.

Y Leo el asesino se queda abajo mientras que a las alturas asciende Leo el hombre.

4

Dios...

La foto no es más que eso, una foto, un instante atrapado en un abrir y cerrar de ojos.

La realidad es distinta.

Mejor.

Infinitamente mejor.

Ha tenido a mujeres en sus brazos, en su mente, en su cama, en sus mañanas, en sus buenos días y en sus buenas noches, en sus adioses, sobre todo en sus adioses. Mujeres rubias, morenas, pelirrojas. Mujeres que han dejado huellas u olvidos, silencios o gritos, vacíos o zarpazos que el tiempo ha borrado. Mujeres de una hora o de un mes, de una llamada o una carta, de una lágrima o una sonrisa.

Mujeres.

Y, de pronto, todas se le olvidan.

Es un poco más alta que él.

Lleva el cabello falsamente despeinado, perfectamente cortado, sutilmente salvaje. Le cabalga por encima de los hombros, se abre a ambos lados de su rostro para orlar su línea facial. Y es negro, tan negro como su turbia mirada líquida. Ojos de Michelle Pfeiffer en su plenitud, de pupilas rojizas, como si fuera a llorar aunque, en el fondo, son de fuego. Los labios rojos, trazado por una mano armónica el superior, grande y carnoso el inferior. Surgen casi con aparatosidad, como una vagina suave coronando la cara, y al expandirse, muestran unos dientes blancos, simétricos. Una sonrisa que ilumina el mundo, que barre las sombras, que abre la ventana de los sueños. La sonrisa del aquí y el ahora.

La sonrisa de la paz.

Huele bien.

A limpio. A vida. A frutas exóticas y aguas transparentes. A luz. A vainilla, fresa y chocolate. A eternidad.

Porque en los brazos del amor, un segundo puede ser eterno.

O casi.

Y su ropa.

Un top ceñido, rojo como los labios. No lleva sujetador. No lo necesita para tener los senos altos. Los pezones se marcan en la frontera en que el cuerpo se convierte en aire, distancia y espera. Por encima, el pecho es grande y libre; los hombros, largos y rectos. Por debajo, la cintura es breve, triangular, con un ombligo hundido, hundido, hundido y turbio, que se pierde en su interior lo mismo que un ojo ciego. Una línea vertical cruza el abdomen. Muchos abdominales ganados en horas pacientes. Viste pantalones que moldean sus caderas sin un átomo de grasa, curvas y suaves. Las piernas son autopistas generosas. Y va descalza.

Descalza.

Nunca le comería los pies a Petra.

A Yoly, sí.

Los pies y las manos.

Y todo en un segundo.

Un segundo que basta para cambiarlo todo.

Así que el estallido vuelve a repercutir en su mente, como un eco vivo.

Dios...

Hola, lo saluda con su sonrisa inmaculada.

Hola.

Pasa, vamos.

Se acerca y le besa la mejilla, justo en la comisura de los labios, justo antes de que él dé un paso, justo para que la sienta por primera vez.

La bienvenida.

Cierra la puerta.

¿Quieres quitarte la chaqueta?

El piso es confortable, gusto ecléctico, pocos muebles, de diseño, todo en su lugar, cuadros de ella por el pasillo, cuadros mostrando sus generosas formas, cuadros llenos de provocación. Siente envidia del fotógrafo. Caminan hasta una sala con la luz amortiguada, un amplio sofá de piel negra y suave, dos grandes butacas de piel negra y suave, una gran alfombra blanca y suave. Hay un mueble bar abierto.

¿Quieres beber? ¿Tienes hambre?

Las palabras del señor Gonzalo retumban ahora en su cabeza:

No la mires a los ojos.

Sabía lo que se decía.

¿Cómo matar algo así?

¿Cómo apagar esa luz poderosa?

Ni siquiera se ha planteado cómo, y menos cuándo, pese a las urgencias del señor Gonzalo. Tiene que estudiar el terreno. Estudiarla a ella.

Ponte cómodo, cariño.

Ella también lo mira.

Siente su poder.

Vamos, ven. Se acerca y le pasa una mano por el pelo.

La mano desciende por la mejilla.

La mano se detiene en el pecho.

¿Qué quieres hacer?
Y se lo dice:
¿Es muy pronto para follar?

Juegos.
Los juegos son hermosos.
Manos, lenguas, pieles, sexos, palabras...
¿Por qué me miras así?
¿Así, cómo?
Así.
Quiero verte.
La ve.
Hay espejos.
Espejos que multiplican sus cuerpos.
Ella tocándole, acariciándole, despertando todos sus instintos.
Juegos.

Y cuando la penetra es
como adentrarse
en un mundo
en un universo
en una isla
de placer.

Luego grita.
Y todo se desvanece.

Sigues mirándome.

Sí.

¿Cómo te llamas?

Ángel.

¿De dónde eres, Ángel?

De todas partes.

Como un espíritu.

Sí.

Se incorpora, se coloca de lado y apoya el codo en la cama y la cabeza en la palma de su mano abierta. Con la otra le acaricia el pecho, se enreda con el vello, desciende hasta el vientre. Es la misma mano y la misma boca que lo han llevado al límite sobre las sábanas negras. La boca que vuelve a sonreír.

Tú también me miras, dice él.

Eres guapo.

Gracias.

Y bueno en la cama.

Oh.

Tú sabes que sí.

Los ojos chocan en la distancia corta. Intentan penetrarse el uno al otro, pero hay defensas. De alguna forma, el juego sigue. Sigue porque la noche es joven y queda mucho.

Ha pagado por ello.

Una pequeña fortuna.

Le toca el pelo, hunde su mano en la nuca redonda, acaricia el labio inferior. Sabe que es una mujer que no pertenece a nadie. Pagan por ella, pero no pertenece a nadie. Solo a sí misma. Tiene su pasado, sus secretos. Un padre que la perdió y murió joven. Una madre que probablemente ignora la realidad. Amores de juventud. Hombres de presente. Le toca el hombro, baja por el brazo, roza el pezón. Sabe que es una mujer única, especial y diferente. Una modelo de vida efímera y precio alto como salida, escape o equilibrio. Y se acostó con un poli. Un maldito poli. Le toca la cadera, le aprieta el muslo, busca su sexo y ella sube la pierna para que lo alcance. Sigue mojado.

Bésame.

Lo obedece.

Sumisa.

Dispuesta a todo.

Mientras él le acaricia el sexo con suavidad.

Solo eso.

Cariño, vuelve a estar dura.

Sí.

Bien.

Ponte encima.

El preservativo. Otro más. Es rápida. Luego se abre y lo cabalga y se lo captura como una ventosa.

¿Así?

Un gemido.

Sí.

¿Te gusta?

Sí.

¿Lo quieres otra vez?

Sí.

Déjame a mí...

Hay un mundo al otro lado de las paredes, de las ventanas.

Un mundo que deja de importar.

Al diablo con él.

Ella es todo.

Gime.

La tienes grande, mi amor.

Cada palabra es una brasa.

Quema.

Ahora sí cierra los ojos.

Por un momento.

Para desaparecer en sí mismo y fundirse con ella.

¿Qué hora es?, pregunta él.

Las tres de la mañana, responde ella.

Me he adormilado.

Lo sé.

¿Tú no...?

No.

No parece que lo hayas hecho tres veces.

¿Por qué?

Estás igual.

Me regenero rápido, replica sonriendo.

Juega con su pecho, poniendo la palma abierta sobre el vello, haciendo que el dedo índice y el corazón de su mano derecha caminen por él hasta el ombligo.

¿Vas al gimnasio?, le pregunta.

A veces.

¿Haces pesas?

Me cuido.

¿Qué edad tienes?

Cuarenta y siete.

Yo, veintisiete. Veinte de diferencia.

¿Y?

Alguien me dijo una vez que la diferencia ideal entre un hombre y una mujer debe ser de doce años.

¿Quién te dijo eso?

Un hombre que tenía doce años más que yo. Y años después, una mujer que tenía doce menos que su marido.

¿Qué fue de ellos?

El hombre sigue casado con su esposa. La mujer encontró a uno doce años menor que ella.

Supongo que así es la vida.

Sí.

La vida es una mierda, piensa. La vida es una completa mierda, piensa. Tengo que matarte, piensa. No hoy, no ahora, pero sí mañana o pasado, piensa. ¿Por qué te acostaste con un maldito poli después de haber estado con el señor Gonzalo?, piensa. ¿Qué le contaste?, ¿qué le dijiste?, piensa. Lo más seguro es que no fuera nada, un accidente, una circunstancia, pero vas a pagar por ello, piensa. Sí, la vida es un asco, piensa.

El que destruye la belleza se destruye a sí mismo.

Vuelves a hacerlo, dice ella.

¿Qué?

Meterte en tu cabeza.

¿Sí?

Desapareces. Me miras, pero no me ves. Te vas y te pierdes ahí dentro.

Le pone un dedo en la frente.

Por el espejo lateral ve su culo, redondo, sin marcas blancas o diferente coloración. Toma el sol desnuda. Ya le ha comido los pies. Se lo ha comido todo. Le ha mordido el culo.

Y ella, lo mismo que un tallo al viento, ha sido flexible.

Vuelve a ponerse un preservativo, vuelve a ponerse encima, la aplasta con su cuerpo, le abre las piernas y la busca.

La busca.

La busca.

Hasta encontrarla mientras sus bocas también se apoderan la una de la otra.

El amanecer tras la ventana.

Entreabre los ojos porque la luz le golpea en los párpados.

Ahora sí, se han dormido, los dos.

Se incorpora despacio, sin agitar la cama, sin mover las sábanas negras sobre las que sus cuerpos desnudos son el relieve de la escena. La policromía real. La contempla desde lo alto. Yoly está boca arriba, las piernas separadas, la cabeza a un lado, el cabello revuelto, los senos aplastados. La imagen lo atraviesa. Rompe sus defensas y estalla en su mente. Sabe que nunca va a olvidarla. Sabe que ya está ahí. Sabe que lo perseguirá el resto de su vida. Ha tenido otras mujeres, otros cuerpos, ninguna Yoly, ninguna Yolanda Arias Velasco, hija de su amigo Gabri, amante de su jefe y dueño, modelo y puta de lujo.

Todos los caminos conducen a Roma, y al infierno, pero solo uno lleva al cielo.

Sale de la habitación, va al baño, se mira en el espejo, no se reconoce, se apoya en el lavabo, baja la cabeza, cierra los ojos, espera, acalla las voces de su mente, las manda a tomar por el culo y se mete en la ducha, corre la mampara de vidrio, abre el agua, la modula para que no le queme ni esté demasiado fría, se pone debajo del chorro, eleva la cabeza, deja que los ríos recorran la geografía de su cuerpo.

Navega por ese océano.

Hasta que escucha el ruido.

La mampara que vuelve a correrse.

Y ella, desnuda, se abraza a él y entonces llega el naufragio.

Adiós.

Adiós.

Espero volver a verte, dice ella.

Sí, dice él.

Otra mirada.

Mucho más explícita que mil palabras.

Podría matarla ya, recuperar el dinero, acabar con la tortura.

¿Dejando todas sus huellas y un rastro tan claro como una autopista directa?

Que no esté fichado, que nunca lo hayan atrapado, no significa que tenga inmunidad.

Cuídate.

Y tú.

Vete ya, se rinde.

Ella lleva un *negligé* transparente. Hay puertas y puertas, como decían los Doors o quien coño fuera. Unas llevan al más allá, otras al paraíso, otras, la mayoría, a ninguna parte.

Bien, da un paso hacia atrás.

Bien, se apoya con indolencia en el quicio.

Adiós.

Adiós.

5

El vaso de leche con Cola Cao sabe diferente. Los dos cruasanes saben diferentes. El aire sabe diferente.

Tiene el sabor de Yoly en la boca.

Su saliva en el paladar.

Su cuerpo en la memoria.

Su alma en la palma de la mano.

¿Dónde es el funeral?, oye la voz de Tomás.

¿Qué funeral?, refunfuña él.

Menuda cara. ¿Una mala noche?

No.

La noche perfecta, piensa.

Y de vuelta a la realidad, remata.

Necesita a John Lewis, a Art Pepper, a Bill Perkins, a Miles Davis, a Charles Mingus, a John Coltrane, a Charlie Parker, a Max Roach, a Sonny Rollins, a Art Tatum, a Dizzy Gillespie, a Lester Young, a...

Incluso un poco de blues.

Oh, sí, los tristes blues que suben por la espalda, se meten en la cabeza, bajan hasta el corazón y explotan en el vientre, donde más duele, porque dejan sin aliento.

Oh, nena, nena,
vamos a hacerlo.
Esta noche, sí, nena,
vamos a hacerlo,
hasta que nos rompa el alba,
hasta que muramos de placer,
hasta que nos alcance
la muerte.
Esta noche, nena, sí.
Esta noche.

Tomás.
¿Qué?
¿Cuánto llevas casado?
Veintisiete.
Sonríe y suelta un bufido de sarcasmo.
La edad de Yoly.
Las putas casualidades de la vida.
¿Y qué tal?
Bien.
¿Solo bien?
Coño, que son veintisiete.
¿Sigues enamorado?
Supongo que sí.
¿Solo lo supones?
Es lo que hay.
Y lo que hay es lo que hay.
Exactamente.
Tomás se aparta. Otro cliente que le pide un pincho de tortilla. Las hace buenas. Su mujer las hace muy buenas. Tortillas y veinti-

siete años. El bar de Tomás es una prolongación de su casa. Lástima de la tragaperras. Lástima de que a veces a un imbécil todavía le dé por fumar. Lástima que los días de fútbol el local se llene de fanáticos.

Todas las lástimas no son más que una.

El dolor.

¿Y si llama al señor Gonzalo para que lo haga otro?

Eso sería malo.

Muy malo.

Perdería su confianza y algo más.

Y el que matase a Yoly no lo merecería.

Tiene que ser él.

Sentir su cuerpo cálido por última vez.

Él y solo él.

Se lo debe.

Ya ha visto el piso, estudiado el edificio y la calle, calibrado las oportunidades. No ha de dejar huellas. Ni siquiera podrá orinar, aunque tire de la cadena.

Falta el momento.

En el aire suena «The Shoes of the Fisherman's Wife Are Some Jive Ass Slippers», de Charles Mingus, incluida en el LP tardío *Let My Children Hear Music* («Deja que mis hijos escuchen música»), del año 72. Pero el tema lo compuso en el 65, para ser interpretado en el Festival de Jazz de Newport, aunque nunca llegó a ejecutarlo.

Charles dijo que era su mejor disco.

En 1972, antes de la crisis del petróleo de 1973, todo era bueno.

¡Dejad que mis hijos tengan música! Dejad que escuchen música en directo. No ruido. ¡Mis hijos! ¡Haz lo que quieras con los tuyos!

Charles Mingus.

Ahora están todos muertos.

Se recuesta un poco más en la butaca, pero tiene el cuerpo desnudo de Yoly en la cabeza. Escucha el poderoso bajo de Mingus, pero oye la voz de ella. Tiene las manos vacías, pero aún siente la carne dura entre sus dedos.

Y el sexo.

Todo él es sexo después de haber hundido el suyo en su coño.

Cuando acabe con el disco le tocará el turno a John Coltrane.

A Love Supreme.

Oh, Coltrane.

De noche los sueños son turbios.

Se agita en la cama, ametralla las visiones, despierta, las dos y diecisiete, Yoly encima, Yoly debajo, el poder de un momento que ya le ha hundido la daga de la eternidad en la memoria, allá donde se guarda todo, allá donde todo se hace omnipresente para volver y volver y volver, yendo del placer a la agonía, las tres y veintinueve, el reloj de dígitos rojos que alumbra en la habitación, boca arriba, boca abajo, duermevela, misterio, sangre, gritos, la polla en su boca, el coño en la suya, y cara a cara, viéndose sin creerlo, descubriéndose con susto y pasmo y sorpresa, las cuatro y nueve, sudor, agitación, más Yoly, muerta, muerta, muerta, las cinco y cuarenta y siete, más Yoly, viva, viva, viva, pero ahora está con el señor Gonzalo, y con el poli sin rostro, y con toda Barcelona haciendo cola en su apartamento mientras él espera para matarla, asesinarla con una pistola, un cuchillo, sus manos, sí, sus manos alrededor del cuello, la muerte más pasional, viendo cómo se extingue, despacio, y hablándole, lo siento, lo siento, lo siento, las seis y catorce, las seis y treinta, las siete y trece, las siete y cincuenta y tres, las ocho y veinte, las ocho y cuarenta, las nueve...

De noche los sueños son turbios.

De día la realidad es amarga.

Dura.

Pesadilla real.

Está de mal humor, de mala gaita, de mala leche, de mal de todo.

Ha estado con muchas tías y de pronto...

¿Qué?

¿Por qué ella?

¿Por qué Yolanda Arias Velasco?

La puta vida que puede cambiar en un puto momento.

Pasa por delante de su casa.

Estudia de nuevo el terreno.

¿O es una excusa?

Calcula el movimiento urbano, la densidad de tráfico por la mañana y por la tarde y por la noche. Calcula hasta la intermitencia de los semáforos más próximos. Calcula el flujo vecinal.

Ella no aparece.

O duerme mucho, o no está, o anda de un lado para otro trabajando.

Trabajando.

Cabrones hijos de puta con dinero que pueden pagar algo así.

Algo como ella.

Cabrones hijos de puta como el señor Gonzalo.

Y el poli.

¿Por qué el poli?

¿La pilló en algo y es la forma que tiene ella de pagarle para que no la meta en la cárcel?

Tendría sentido.

Otra vigilia.

Hasta que la ve salir.

Yoly camina por Ganduxer hacia Mitre. Los hombres vuelven la cabeza a su paso. Las mujeres vuelven la cabeza a su paso. Los hombres admiran. Las mujeres miran. Yoly camina ajena, el cabello libre, gafas oscuras, paso firme. No viste como una diosa, pero es una diosa. Su traje es sencillo; su cuerpo, no. La ropa es discreta; sus movimientos, no. Calza zapatos bajos, lleva la falda por encima de las rodillas, cuelga un bolso relativamente grande por encima de su hombro, levanta una mano y el mundo se detiene. El taxi también. Se cuela en su interior, iluminándole la vida al taxista, y él apenas si tiene tiempo de detener otro, pillado de improviso por lo rápido del gesto.

Siga a ese taxi.

El hombre lo mira con recelo.

¿Policía?, pregunta.

Marido, dice él.

¿De la que ha subido?

Así que el taxista también la ha visto.

Sí.

Ya.

Un «ya» explícito.

¿Por qué no le ha dicho que era policía? Mejor que un marido que sigue a su mujer. Eso implica cuernos.

El taxista se concentra, pero de tanto en tanto sigue observándolo por el espejo retrovisor.

Mitre, Ronda del Mig, Travessera de Les Corts, el campo del Barça, calle Arizala...

Los taxis se detienen. Los dos bajan. Yoly camina Arizala abajo, por la izquierda, hasta que alcanza un portal discreto. No parece la casa de alguien que pueda pagar lo que vale. Y no lo es. Entra con su propia llave. Él espera cinco minutos. Luego va tras sus pasos aprovechando que la puerta se abre de nuevo. Sale una mujer. Se cuela en el vestíbulo y examina los buzones.

Jordi Sierra i Fabra

Tercero segunda.

Blanca Velasco.

Blanca.

La mujer de Gabri.

Yoly ha ido a ver a su madre.

Así de simple.

Regresa a la calle y detiene un taxi en la misma puerta.

Blanca Velasco era una chica guapa y dulce. Merecía algo más que un Gabriel Arias. Cuando Gabriel Arias se la presentó, Blanca Velasco era Blanquita y él ya era Gabri. De eso hacía una eternidad. Todos eran jóvenes. Gabriel Arias había embarazado a Blanca Velasco con diecinueve años. El día que fueron al Tibidabo, Yoly tenía cinco y ellos veinticinco. De eso hacía veintidós años. Gabriel Arias se había marchado a la Eternidad y ahora Blanca Velasco vivía en la calle Arizala con más o menos su misma edad, cuarenta y siete años. Probablemente Blanca Velasco seguía siendo guapa, aunque menos dulce. Probablemente Blanca Velasco viviera con otro hombre. Uno que se recreaba la vista cada vez que su hijastra aparecía por casa.

Coño, Gabri…, suspira.

¿Diga, señor?, pregunta el taxista.

Nada, perdone, pensaba en voz alta.

Eso es malo. El taxista sonríe.

Acabo de escaparme de un frenopático.

Su humor no siempre es bien entendido.

Háblame de tu madre.

Murió.

Eso ya lo sé.

50

Entonces...

¿Te quería?

Supongo que sí.

¿Solo lo supones?

Era mi madre.

¿Qué recuerdas de ella?

¿A qué viene esto ahora?

Quiero que me hables de ellos.

¿De mis padres?

Sí.

No sé.

La doctora Constanza parece ponerse seria.

Leo, vienes aquí, te tumbas, porque te encanta tumbarte, y hablas, hablas, hablas, pero no dices nada, o apenas muy poco, solo hablas. Un año hablando y todavía no hemos llegado a las raíces: tu padre, tu madre...

Mi padre quería que fuera abogado.

¿Por qué no lo fuiste?

Se encoge de hombros.

En parte, ahora es juez.

¿Y ella?

Ella quería que fuera feliz. Me decía que eso era lo único que contaba en la vida.

¿Tu madre era feliz?

No.

¿Y tu padre?

Tampoco.

¿Por qué?

Todas las noches él tenía que suplicarle sexo.

¿Los oías?

Sí.

¿Y solo por eso no eran felices?

Claro.

¿Sabes por qué ella no quería hacerlo?

No.

¿Cómo murieron?

Ella de cáncer. Él asesinado.

¿Asesinado?

Sí, asesinado.

¿Cómo...?

Era contable de una empresa. Descubrió algo, un fraude, dinero negro en un paraíso fiscal, algo así. Yo era muy niño. No habría hecho nada, era un cobarde, pero alguien pensó que mejor tenerlo muerto y lo mataron. Un asesino a sueldo. Jamás lo pillaron.

¿Y la empresa?

Se fue a la mierda. Desaparecieron todos. Como el humo.

¿Te sientes frustrado por ello?

Se encoge de hombros.

Te arrebataron a tu padre. Eso siempre pesa, dice ella.

Vuelve a encogerse de hombros.

Nadie es tan fuerte, Leo.

Es extraño. Sigue siendo extraño que la doctora Constanza le hable de tú y él a ella de usted. No lo pactaron. Salió así. Y así se ha mantenido. ¿Por qué? Ni idea. ¿Qué sentido tiene eso? Ni idea. ¿Es porque ella es médica, psiquiatra, lo que sea, y él no es nadie?

¿Lo llevas dentro?, insiste.

Todo lo llevamos dentro, ¿no?

Hay pesos que no sabemos que lo son hasta que nos aplastan o logramos sacarlos fuera.

Yo no quiero sacarlos fuera.

¿Por qué?

Porque son los pesos que me hacen ser como soy y me mantienen con vida.

Tienes mucha rabia soterrada, ¿lo sabes?

La rabia es energía.

A veces parece que en ti el bien y el mal se confunden. Es como... si no tuvieras conciencia de lo uno o de lo otro.

La tengo.

¿Por qué eres tan frío?

Frío.

No, no es frío.

No, no soy frío.

Eres como una llama, quema por fuera pero su corazón es helado.

Entonces soy todo lo contrario, yo quemo por dentro y es el exterior el que parece frío.

¿Te ves así a ti mismo?

Sí.

¿Cómo crees que te ven los demás?

Ni lo sé ni me importa.

Cuando estás con una mujer, ¿piensas en tus padres?

No.

¿En él, pidiendo sexo, o en ella, negándolo?

No.

¿En qué piensas?

En correrme.

¿Solo en eso?

Son los diez segundos más grandiosos de la vida.

¿Y el placer?

El placer es lo que va antes de eso, los prolegómenos, el éxtasis, compartir, dar, recibir, ser, existir... Pero el orgasmo es otra cosa diferente. Un grito. La prueba de que estamos vivos.

¿Vivos?

Sí, vivos. El orgasmo frente al hecho de que vamos a morir. La vida frente al terror.

Una teoría peculiar.

Todo Dios tiene la suya, ¿no?

Una pausa.

La doctora Constanza parece haberle cogido y no lo suelta.

Háblame de un día que recuerdes con tu madre.

Se lo piensa.

Un día.

Mi madre diciéndome que tenía cáncer y se moriría dentro de unos meses.

¿Y un día feliz?

Se lo piensa.

Un día feliz.

Mi madre diciéndome que se había vuelto a enamorar.

¿Llegó a...?

No.

¿Por qué?

Él estaba casado.

Entiendo.

No, no lo entiende.

¿Por qué no he de entenderlo?

Le di una paliza al tipo y no volvió nunca más.

¿Le diste...?

Sí.

Otra pausa.

Otra vuelta de tuerca.

¿Cómo era tu padre?

Gris.

¿Y tu madre?

Hermosa.
¿Los echas de menos?

Otra noche.
Las mismas pesadillas.
Y lo que más teme.
Lo que peor parece.
El cáncer de la angustia.
La obsesión.

Por la mañana ya lo ha decidido.
El resto del día es una espiral.
Infinita.
Pero las horas pasan.
Y llega la noche.

6

Primera llamada.

Nadie.

Se queda en la acera de enfrente, igual que un merodeador.

Quizás no vuelva.

Quizás tenga trabajo.

Quizás esté con otro.

Quizás, quizás.

Segunda llamada, por si ha entrado en el coche que ha desaparecido por la rampa del aparcamiento, o por si estaba en casa de una improbable vecina, o por si se ha materializado surgiendo de la nada.

El mismo resultado.

Vuelta a la acera de enfrente.

Ningún testigo.

La espera.

Quizás un tiempo perdido.

Quizás solo sirva para tener más mala hostia.

Quizás mañana.

Quizás, quizás.

Yoly.

Ahí está.

Baja del taxi, saca sus dos largas piernas con elegancia y se incorpora. Flexible. Un tallo armónico. Lleva una bolsa, el bolso y unas compras. La bolsa es de gimnasia, el bolso es el suyo, las compras son de tiendas de moda, con sus logotipos destacando bajo la noche aunque él no pueda leerlos en la distancia.

Yoly.

El taxi se aleja Ganduxer arriba y ella penetra en el edificio. Penetra. La palabra es esa. Es como si la casa se abriera a su paso. Luz, ascensor, silencio. Las luces de la última planta se abren. La atalaya cobra vida.

Cruza la calle.

No quiere llamar. No hay conserje nocturno. Extrae el juego de hierros del bolsillo y manipula la cerradura. No es electrónica. Todavía es de las que utilizan llave. Todo se vuelve sofisticado. Pronto habrá que dejar un rastro energético, un ADN basado en la luz, el aura, un puente einsteiniano hacia la huella definitiva.

Sube a pie.

Para avanzar o retroceder en caso de que un vecino aparezca inesperadamente.

Se detiene en la puerta.

Llama.

Ding-dong.

Contiene el aliento. Unos pasos se acercan. Un taconeo. Puede preguntar: «¿Quién es?». Se muerde el labio inferior. El corazón emite latidos. El corazón desgrana compases. El corazón le dispara la sangre a cañonazos. Bum-bum-bum. El vértigo alcanza el máximo cuando la puerta se abre.

Y entonces todo se desvanece.

Ella.

Yoly.

Se quedan mirando.

Una, sorprendida.

Otro, muerto.

Y casi al momento, resucitado.

Y casi al instante, vivo.

¿Tú?

No habla. No responde lo obvio. Sí, es él. Y ella lo reconoce, se tensa, vacila, vibra en algún remoto lugar de su mente sorprendida pero no cerrada. Es puta y es cara, pero Leo, el hombre, no el asesino, sabe algo. Sabe que la otra noche fue un regalo. Sabe que hay cosas que no paga el dinero. Sabe que hay gritos y gemidos reales, no fingidos. Sabe que una mujer solo se moja si hay deseo. Sabe que una mirada es más reveladora que mil palabras. Sabe que una caricia es una invitación. Sabe que un suspiro es una puerta abierta. Sabe todo esto y más. Y si no lo sabe, lo piensa, lo cree, lo busca y está dispuesto a conseguirlo.

Cruza el umbral.

La coge.

La besa.

Por un instante, ella se sorprende.

Por un instante, ella reacciona.

Por un instante, ella pelea.

Lo abofetea, con las dos manos.

Le muerde el labio inferior.

Pero la sangre es un bálsamo.

La sangre la hace estremecer.

Y mientras él cierra la puerta con el pie, sin dejar de abrazarla, besarla, dominarla, resistir, entregarse, y de buscar más y más su boca, su lengua, su vida, Yoly se rinde y deja de pegarle, deja de morderle y cede, abre sus labios y le da su saliva, le hunde los dedos en la nuca y se pega a su cuerpo, siente su sexo ya duro incrustado en la pelvis y se mueve como si quisiera que le atravesara la ropa, y gime...

Gime.

Todo lo que él sabe, o sabía, se desvanece.

Todo lo que ella acaba de descubrir, se pierde.

Ahí están.

Solos.

Los dos.

Como animales heridos.

Así de simple.

Las mismas sábanas negras.

O tal vez otras.

Ha pasado un millón de años.

Todas las obsesiones de las últimas horas están presentes, concretadas en su cuerpo, sus ojos, unidas allí, en la burbuja que los contiene. La contempla elevando ligeramente su torso por encima del suyo, con las manos apoyadas a ambos lados. Todavía sigue dentro de ella a pesar de que la calma ha seguido a la tormenta. Sus sexos conforman el agujero negro de su infinito.

Ni siquiera ha hablado.

Y la única palabra que ha pronunciado Yoly ha sido el «¿Tú?» del comienzo.

Hasta ahora.

Sal.

No.

Tengo que ir al baño.

Espera.

Iba a ir al baño cuando has llamado al timbre.

No sería urgente.

Entonces lo era.

¿Te peso?

No.

Se mueve hacia delante y hacia atrás, empujando de nuevo con las caderas, la pelvis, el miembro todavía presente en el hueco de terciopelo.

Ella parece sentirlo.

Parece.

¿Por qué has vuelto?

Me olvidé algo.

¿Qué?

No lo recuerdo, también lo he olvidado.

Estás loco.

Supongo.

Yo también.

Lo imagino.

¿Crees que puedes aparecer sin más y follarme?

Lo he hecho.

Me compraré un perro.

Un perro no te lo hará igual.

El bufido de sarcasmo la adorna.

Tienes suerte, dice.

¿Por qué?

Mañana tiene que venirme la regla, soy muy puntual.

¿Y?

Que me pongo insoportable cuando la tengo. Insoportable e irascible. No puedo dejar que nadie me toque. Te habría matado.

No.

Oh, sí.

Nena...

No me llames «nena».

Vale.

No me llames «nena» nunca.

Perdona.

Los ojos arden, queman, cicatrizan.

Los ojos del desconcierto.

¿Quién coño te crees que eres?, le pregunta. Suspira y deja que su cuerpo se relaje por completo, aflojando todos los músculos.

Todos.

¿Quieres saberlo?

Sí.

Cuando se sabe todo del otro se pierde la magia.

Pruébalo.

Se aparta de encima de ella y se queda boca arriba.

El hombre del espejo ha hecho exactamente lo mismo.

La calma es dulce.

El silencio, hermoso.

La paz, casi eterna.

Hasta que ella se levanta.

Voy al baño, dice.

La ve caminar desnuda, en un arrebato sublime, una sombra fantasmal en la penumbra.

Se queda solo.

Cierra los ojos.

No quiere pensar en nada, en nada, en nada, únicamente en lo que falte para hacerlo de nuevo, tocarla, sentirla, vivir su cuerpo y su alma.

Ni siquiera se da cuenta de que aparece el sueño y lo envuelve.

Ni siquiera.

No hay nada peor que una obsesión.

Se apodera de uno.

Es más adictiva que una droga.

La obsesión se mete dentro, aplasta, arrebata toda razón, lógica o paz.

Sabe que está dormido y que es un sueño.

Pero ahí está ella.

La obsesión.

Ven.

¿Adónde?

Ven.

Su otro yo se levanta, la sigue. Todavía está desnuda. Caminan más allá de la habitación. Hay una playa, sol, palmeras. La arena es fina y el sol cálido, bajo las palmas hay sombras. Suena una música. Reconoce de nuevo «Take Five». Le gusta matar con «Take Five» de fondo. Da un toque armónico. ¿Qué mejor para el que se va que hacerlo con dignidad y algo de clase? Llevarse «Take Five» al otro mundo es hacer un viaje en primera.

Lo malo es que ahora no quiere matar.

No quiere que suene «Take Five».

Yoly no es el tipo del coche. Ni ningún otro tipo.

Bueno, está soñando, ¿no?

Un sueño evocador.

Ella llega hasta la orilla, se detiene, lo abraza y lo besa.

Le besa la boca y el agua de la orilla hace lo propio con sus pies.

Se siente Burt Lancaster en *De aquí a la eternidad*.

Sabes que no podrás matarme, ¿verdad?, dice ella.

Tengo que hacerlo, dice él, o el señor Gonzalo me matará a mí.

Huyamos, los dos, a una isla del Caribe.

Eso mismo me dijo Petra.

¿Quién es Petra?

Una puta.

¿Como yo?

Otra clase de puta.

Todas somos la misma puta.

No.

Se le pega, se abre, le captura el sexo y no puede evitar que halle el camino hacia lo más profundo de su océano.

Yoly...

¿Qué?

Cierra los ojos.

Ella los cierra.

Y él pone las manos en su garganta.

Y su sexo se convierte en una espada.

Y amanece la muerte como en un día turbio que no sabe que es un día.

Leo...

Chisss...

Leo...

Chisss...

Aprieta, por arriba y por abajo. Aprieta con las manos, con la espada, con todo su ser que se quiebra porque la razón trata de impedirlo.

Entonces llora.

Yoly...

Y cuando ella abre los ojos para mirarlo, él se despierta, asustado, temblando, empapado de sudor, convertido en un simple residuo de sí mismo.

¿Cuánto puede doler un silencio?

Se sienta en la cama.

¿Cuánto ha dormido?

¿Quince, veinte, treinta minutos?

¿Tanto?

Se seca el sudor de la frente con el dorso de la mano. Se pasa el antebrazo por la barbilla y el pecho. Acaba de salir de una piscina de agua salada. Todo está igual, la misma penumbra, pero sin ella.

Sin Yoly.

No quiere llamarla, ni alzar la voz, no sea que se peguen las palabras a las paredes y dejen una huella o resbalen hasta el suelo y puedan ser pisadas. Lo único que se le ocurre es levantarse, tan desnudo como ella, como si quisiera lucirse cuando se la encuentre. Abandona la habitación y se orienta. Es la segunda vez que está allí. Una casa puede sentirse como propia a la primera. Camina hasta el cuarto de baño, en la puerta de al lado. No ve luz en la cocina. Yoly no se está preparando un tentempié. La imagina en la bañera. La imagina y la siente en la bañera, sumergida en agua tibia, tal vez envuelta en una nube de espuma. Piensa ya en el baño, con ella, cara a cara. Tomará sus pies y volverá a comérselos, dedo a dedo, caricia a caricia, y Yoly le excitará con uno de ellos, igual que si fuera una mano. Luego se juntarán y besarán.

Sí, eso imagina.

Eso siente.

Abre la puerta.

Sí, Yoly está en la bañera.

Pero no hay agua, no hay espuma, no hay vida.

Todo es rojo.

La sangre, que todavía mana de la garganta cercenada. La sangre, que fluye y cubre el cuerpo aún cálido. La sangre, que forma una mancha cárdena parecida a una explosión.

Toda esa sangre.

Goteando por el pecho, cayendo gota a gota de los pezones, inundando el mar de su sexo que ahora tiene otra clase de humedad.

Yoly lo mira.

No lo ve, pero lo mira.

Una extraña sensación.

Y él se queda quieto, ingrávido, tal vez porque la muerte no le es ajena y contemplarla, pese al impacto y la sorpresa, le resulta familiar.

Un simple segundo.

Todo antes de que la señal de alarma estalle en su mente.

Todo antes de comprender que el asesino debe de seguir allí.

Todo antes de que reaccione tarde y mal.

Debería haberse agachado.

Pero no, se vuelve.

O lo intenta.

Y el golpe se hunde en su cabeza.

La cabeza se hunde en la oscuridad.

La oscuridad se hunde en el tiempo.

El tiempo se hunde en la distancia.

La distancia se hunde...

¿Dónde coño puede hundirse una distancia?

7

La nada debe de ser parecida a eso.

Un lugar vacío.

Salvo por el dolor.

El dolor lo llama.

El dolor lo despierta.

Le duele la cabeza cuando entreabre los ojos. La náusea viene a continuación. Su rostro se apoya sobre algo mojado. Y no es agua. Es más viscoso. Tampoco hay demasiado. Cuando advierte que el color es rojo, recuerda a Yoly. ¿Se ha desbordado la bañera? No, la sangre es suya. La que ha caído desde su agujero en la cabeza.

Intenta incorporarse.

Fracasa.

Tiene que limpiar la sangre. Si además vomita...

Pero por mucho que limpie, posiblemente quedará un rastro, su maldito ADN esparcido por algún lugar, aunque los del CSI sean yanquis y peliculeros y lo resuelvan todo en un abrir y cerrar de ojos.

Espera.

Un minuto. Dos.

Otro intento.

Logra dominar la arcada. Logra incrustar los puños en el suelo. Logra erguirse hasta quedar de rodillas. Logra ordenar sus ideas. Logra levantar la cabeza.

El asesino es un hijo de puta.

Antes Yoly miraba en dirección a la puerta.

Ahora también lo mira, con la cabeza ladeada.

Ojos ya inmóviles.

Aun bañada en sangre, es hermosa.

El rojo le sienta bien.

Se apoya en la bañera. Otro lugar que deberá limpiar. La mira con ternura, con dulzura, casi con amor.

Amor.

Extraña palabra.

La ha tenido, viva, latente, explosiva, tan caliente como una caldera de vapor, tan llena como una central nuclear cargada.

La ha tenido, pero ahora es pasado.

Un recuerdo que desde el primer segundo se convertirá en tortura.

Sigue mirándola.

¿Quién te ha hecho esto?, le pregunta.

Yoly no dice nada.

¿Por qué?, le pregunta.

Yoly calla.

Despacio, muy despacio, consigue acercar su rostro al de ella.

La besa en los labios.

Ya tibios.

Casi fríos.

Un beso que sabe a todo, principalmente a nostalgia.

En las películas, el inocente, la víctima propiciatoria, escucha la sirena de la policía acercándose y ha de escapar antes de que lo sorprendan allí. En las películas, el inocente, la víctima propiciatoria, consigue despertar antes y huir por los tejados.

No hay ninguna sirena.

Hora de ponerse en pie.

Dominar la ira.

Vencer la rabia.

Apretar los puños y...

Primero, lavarse la herida y limpiar el lavamanos tratando de no mirar por el espejo para no verla en la bañera. Luego, con la toalla que se llevará en una bolsa de plástico, borrar todo rastro de su sangre en el suelo del cuarto de baño. Después, repasar cada gesto, cada movimiento hacia atrás, rebobinando su mente.

Hay un gorro de baño. Se lo coloca en la cabeza.

El adiós desde la puerta.

Chao, princesa.

Todo el dolor se convierte en estupefacción. La realidad pesa, aplasta. La realidad es el giro inesperado de los acontecimientos. Ya no los domina; es parte de ellos.

Alguien lo ha decidido.

Le da la espalda y comienza la limpieza.

Todo lo que ha tocado o cree haber tocado.

Recoger el preservativo usado.

Pegar la cara al suelo para buscar un simple cabello.

Examinar la cama milímetro a milímetro, pacientemente.

Todo va a parar a la bolsa de plástico que ha tomado de la cocina.

¿Qué olvida? ¿Qué olvida?

Yoly, por supuesto.

Ha de regresar al cuarto de baño, coger un peine, inclinarse de nuevo sobre el cadáver, cepillarle el sexo por si ha quedado prendido allí alguno de sus cabellos, limpiarla por si su saliva permanece.

El sexo de Yoly.

Ahora empapado de sangre.

El vello púbico es corto, aunque no lo tiene rasurado al completo. Recoge las muestras y lo deposita todo, peine incluido, en la bolsa. Vuelve a fijarse en ella, escrutando su piel, su cuerpo. Ahora es profesional. Experiencia adquirida. Pero cuando cesa la inspección ocular, detenida y minuciosa, la realidad vuelve a imponerse. Ella está muerta.

Muerta.

¿Cuántas veces ha deseado a una mujer de aquella forma?

Se viste despacio.

Vete, se dice a sí mismo.

Vete y adiós.

Pero no se va.

Alguien, un hijo de puta, la ha matado. Y lo ha hecho con él dormido en una cama a dos o tres metros. Alguien, un hijo de puta, le ha golpeado la cabeza para dejarlo allí. Y lo ha hecho para que cargue con el muerto, o con la muerta. Alguien ha cumplido el trabajo que él ya no habría podido llevar a cabo.

¿O sí?

«Señor Gonzalo, no la he matado porque ahora el que se la cepilla soy yo. ¿Le importa?».

Joder...

Sí, lo más seguro es que lo hubiese hecho.

¿O no?

Ya no lo sabrá jamás.

Pero ahora hay un hijo de puta suelto.

Libre.

Comienza por la habitación.

Mueble a mueble, abriendo cajones con un pañuelo en la mano para no dejar huellas. Examina el armario, la ropa. La huele y la siente en cada prenda y sabe que se llevará ese aroma con él, para siempre. Cada perfume es distinto en la piel de una mujer. Acaba con la habitación y sigue por la sala, otra habitación más pequeña, todos los estantes, los armarios, los cajones de los muebles. Cuando se ve reflejado en el espejo, ridículo, con el gorro de baño en la cabeza para que no se le caiga ningún cabello, siente pena de sí mismo, y lástima. Con su orgullo herido.

Acaba en el estudio.

Todo el piso está lleno de retratos de Yoly. Portadas de revistas, anuncios, cuadros, vestida, medio vestida, desnuda, medio desnuda. En color y en blanco y negro. Largas piernas, el pecho natural, el rostro perfecto. Y en casi todas las imágenes, ella mira al que la mira, directa, incisivamente.

Todo el piso.

En el estudio, un templo dedicado en exclusiva a sí misma, la sensación es la de que cien Yolandas Arias Velasco lo miran desde cien mundos convergentes.

Los desnudos son más provocativos. El erotismo a un paso de la pornografía.

En la mesa hay un ordenador; al lado, una agenda telefónica, un dietario y un estado de cuentas bancario. Todo va a parar a su bolsillo. En dos de los cajones encuentra más y más fotos, la mayoría recientes, pero también de su infancia y adolescencia, desordenadas. Una es de Gabri. La tentación es demasiado fuerte. Las examina y se lleva siete. Seis desnudos y una imagen muy sensual pese a ir vestida. Conecta el ordenador, espera y navega por él. Más imágenes. Muchas más. Da con un CD virgen y las graba. Es un adicto. Va a torturarse con ella.

Gilipollas, como te encuentren con todo esto...

¿Y qué?

No hay nada más en el ordenador, salvo unos poemas. Yoly escribía poemas. El lado cándido. El secreto íntimo. La belleza del alma, siempre oculta.

El último poema está escrito el día después de su primer encuentro.

Habla de él.

Se queda electrizado.

Copia el archivo entero antes de sacar el CD, apagar el ordenador y salir del estudio.

También se lleva las bragas usadas ese día.

Las que casi le ha arrancado de camino a la cama.

Así descubre al fetichista secreto que hay en él.

No deja ni rastro, pero se va de allí con un sinfín de rastros.

Lo último, examinar todo lo que llevaba ella al llegar, las bolsas de la compra, el bolso y el equipo deportivo.

El equipo deportivo huele a gimnasio, a sudor, a horas de machaque físico para mantenerse en forma y dar lo mejor de sí misma, espectacular.

Las compras son peculiares: una camiseta muy breve, un jersey muy suave, una combinación muy sexy, de seda blanca, sujetador, bragas, liguero, medias...

En el bolso apenas hay nada, el monedero, nuevo, sin carné de identidad, solo una tarjeta de crédito, los recibos de las compras hechas con ella, uno de la peluquería Marcel y otro de una comida, dos personas, en El Café de la Academia, alrededor de sesenta euros en metálico, un paquete de támpax, un cepillo, un peine, todo lo necesario para maquillarse en cualquier parte, unas bragas limpias, el móvil...

El móvil.

También se lo lleva.

Fin.

Telón.

Ninguna sirena, el silencio de la noche. Ahora debe moverse como un fantasma, salir del piso, cerrar la puerta sin hacer ruido, bajar la escalera, alcanzar la calle furtivamente, confiar en que nadie, nadie, esté asomado a una ventana y lo vea y lo describa y ponga el primer clavo en su ataúd.

Largarse.
Cuestión de suerte.
Los bolsillos llenos, la bolsa de plástico en la mano.
Si al móvil le da por sonar...
Sale, cierra, baja, alcanza, mira, camina...
Ganduxer abajo.
Nada de taxis. Nada de testigos.
A pie, la noche es más dura.
Desde su bañera, Yoly le grita.
Y es un grito muy duro.

Cuando llega a su casa, lo mira todo.
El CD, la agenda, el dietario, el estado de cuentas bancario, el móvil, las bragas...
Las huele.
Ha estado ahí y ya no volverá a estar jamás.
Hay momentos en que la vida se hace insoportable.

Al amanecer se rinde.
Le duele la cabeza.
Le duele el orgullo.
Le duele la furia.
Cae rendido y una voz amiga le dice adiós...

8

El zumbido.

La mayoría de los móviles tienen sonidos espantosos, canciones horteras, extraños tonos, todo lo imaginable para demostrar hasta qué punto la naturaleza humana es insoportable.

El suyo solo zumba.

Zumba y vibra.

Abre un ojo y ve la hora.

La una y cincuenta minutos.

¿La una y cincuenta minutos de qué?

La habitación está a oscuras. No hay un resquicio. Siempre duerme así, profundamente.

Mueve la mano, agarra el móvil.

Es él.

Aprieta las mandíbulas y el puño de la mano libre.

Todo el mundo teme que le graben las conversaciones telefónicas, y en cambio el señor Gonzalo pasa, con dos cojones. Por más que nunca hable con pelos y señales.

Vuelve la arcada.

Vuelve Yoly.

Vuelve todo.

Pero es un trabajador, un profesional. No puede permitirse lujos. La diferencia es siempre la misma: vivir o morir.

¿Señor Gonzalo?

¿Cómo estás, muchacho?

Tiene cuarenta y siete años; el señor Gonzalo, setenta y dos o setenta y tres. Y le llama «muchacho».

Bien.

¿Noticias?

Sí.

¿Ya?

Se agita. Una parte grita, la otra se automatiza. Después de todo, son muchos años. Una vida. No puede decirle la verdad. No puede decirle que otro ha hecho el trabajo.

¿Qué otro?

Otro.

Sí, dice.

Pausa.

Bien…, dice su jefe con un suspiro. ¿Algún problema?

No.

¿Un buen trabajo?

Sí.

¿La miraste a los ojos?

Sí.

Tienes huevos.

Los dejé en casa.

El señor Gonzalo se ríe.

Es un hombre feliz.

Oh, sí; es un hombre feliz.

Pásate cuando quieras. Le diré a Matías que te ponga un plus.

No hay prisa,

Lo sé, Leo. Ni desconfianza.

Igual me tomo unos días libres.

¿Tú?

Sí.

Eso sí que es una novedad.

Bueno...

No apagues el móvil.

No, claro.

Pareces cansado.

Dormía.

Tú sí que sabes, dice. Ojalá yo pudiera dormir a las dos del mediodía, dice. Aunque tu trabajo es muy selectivo, dice, y se ríe, y sigue feliz, relajado.

Se tiró a Yoly y ya la ha olvidado.

Pura piedra.

Buenos días, señor Gonzalo.

Gracias, Leo.

Corta la comunicación, deja el móvil en la mesita, se queda unos segundos mirando los dígitos rojos y luego vuelve a cerrar los ojos.

Chisss...

Seguro que Sun Tzu dijo algo de lo que había que hacer antes de toda batalla, de toda guerra, de todo suicidio.

El poema.

Nadie le ha escrito jamás un poema.

Y ella lo ha hecho.

Bueno, un poema, o lo que sea, o lo que parezca. Ahí está su letra, menuda, primorosa, delicada.

Un extraño en mi cuerpo.
Todos son extraños en mi cuerpo.
Nubes que pasan sin mojar.
Pero hoy, esta noche,

el extraño se ha hecho carne.
Hoy, esta noche,
el sexo me ha dado algo.
Hoy, esta noche,
una fuerza incontrolada
me ha hecho sentir gozos y sombras,
miedos y magias.
Adiós, desconocido.
Lo que ha estallado entre los dos
queda, desaparece, es y no es.

Sé que mi alma vive en soledad pura.
No soy ladrillo de ninguna casa.
Soy la montaña que nadie escaló jamás.
Cielo sin nubes de un valle encantado.
Pero has navegado por mi cuerpo.
Buceado en mis mares.
Escalado mis valles y montañas.
Y he descubierto que sigo viva.

¿Quién te hizo esto, pequeña?, dice apretando los dientes.
¿Y por qué?, dice apretando los puños.
Mierda... Ahora aprieta su alma.

Primero, el dietario.
Días, fechas, citas, horas, nombres.
Nombres escuetos: Manu, JM, Nero, MA, Candi, Joma... Joma
es el único que se repite tres veces en las dos últimas semanas.
Hoteles.
Fines de semana en Cannes, París, Roma, Palma de Mallorca...
Una mujer de lujo que exhibir.

Segundo, la agenda telefónica.

Manu, JM, Nero, MA, Candi, Joma y los demás no están en ella. Solo son notas en el dietario, citas, sexo de pago y caro, muy caro. Ninguna pista. Ningún indicio. Discreción. En la agenda, no muy llena, todo parece familiar. Mamá, abuela, Lidia, Menchu, Clara...

Pero no hay direcciones.

Tercero, el móvil.

Marca el 123 y escucha los últimos mensajes.

La voz impersonal le anuncia: «... Mensaje número uno, recibido ayer a las...».

«Yolanda, soy yo, Nerea. No hace falta que me llames. Solo es para decirte que llegaré un poco tarde para comer, quince o veinte minutos. Quedamos en El Café de la Academia, ¿verdad? Venga, un beso. Nos vemos».

«Hola. Nada, solo quería saber de ti».

«Soy yo. Escucha..., esto no tiene sentido. Si no me llamas, iré a tu casa y me importa muy poco que eso te cabree. Tenemos que hablar. Yo... Vale, da igual. Llama».

Tres mensajes. Su cita para comer y dos hombres, uno de voz amigable y otro de voz enfadada. El número de Nerea está en la agenda.

¿Una amiga que sabe?

¿Una amiga que no sabe?

¿Cómo la interroga?

¿Cómo los interroga a todos?

¿Se mete de cabeza en la tormenta?

No hay mensajes SMS.

La lista de llamadas no es precisamente amplia, como si hubiera hecho limpieza hace poco. Se remonta a unos pocos días. Tres. «Registro de llamadas», «Llamadas perdidas», «Llamadas recibidas», «Llamadas enviadas»...

Anota nombres, números, busca coincidencias.

Queda poca batería, se agotará a lo largo de las siguientes horas, y cuando el teléfono enmudezca, perderá ese contacto. Su cargador no sirve. Examina todas las opciones por si la clave de acceso estuviera escondida en una de ellas.

Nada.

Sea como sea, no hay vuelta atrás.

Va a dejar el móvil.

Y en ese momento rompe el silencio estallando en su mano.

¿Sí?

Silencio.

¿Quién es?

Creo que... me he equivocado, dice una voz de hombre.

¿Una de las de los dos mensajes?

Examina la pantalla. Anota el número. Coincide con otros, siempre en forma de llamada recibida.

Bien.

Corta y espera.

El teléfono vuelve a sonar.

¿Sí?

¿Quién coño eres?, se tensa la voz al ver que no se trata de un error.

No, quién coño eres tú, tío, le suelta él.

¿Dónde está Yolanda?

No puede ponerse, se está duchando.

Cabrón hijo de puta...

¿Quién le digo que ha llamado?

Como le toques un pelo...

Se los he tocado todos. Y le gusta.

¡Te juro que...!

Su exaltado interlocutor corta la comunicación.

Sí, era la voz del tercero. El último.

Un sospechoso menos.

¿Cuántos hombres la han amado sin acercarse ni siquiera a un millón de años luz de su corazón?

Si Yoly tiene una mujer de la limpieza y trabaja a diario, la noticia ya debe de estar en la calle. Si lo hace día sí día no, se sabrá al día siguiente o al otro. Si son dos veces por semana... Si no hay mujer de la limpieza, transcurrirán dos o tres días, quizás más, antes de que alguien la eche en falta.

Sale de casa sintiéndose un millón de años más viejo.

Se lleva el móvil de ella, con sus escasas horas de vida antes de que se apague.

A la calle Arizala, le dice al taxista.

¿Por dónde quiere ir?

Por el infierno, piensa.

Blanca Velasco sigue siendo guapa aunque ya ha perdido la dulzura que enamoró a Gabri. Es menuda, rubita, trata de cuidarse, pero el paso de los cuarenta ha hecho mella en su cuerpo y más en su alma. Tiene los ojos cansados, los labios más delgados y el cuerpo más redondo. Cuando su amigo la embarazó con diecinueve años era un ángel. Despertaba todas las ternuras. Parece casi increíble que de ella haya salido algo tan exuberante y hermoso como Yolanda.

Milagros de la vida.

Ella se lo queda mirando, primero tratando de reconocerlo y, después, como si fuera un fantasma surgido de un lugar muy remoto oculto en el pasado.

Hola, Blanca.

¿Leo?

Sí.

¡Leo!

¿Cómo estás?

Pero..., dice agitando las manos incrédula, incapaz de reaccionar, sin alegría, tan solo el efecto secundario de la sorpresa. ¿De dónde sales?

Ya ves.

Hacía...

Sí.

¿Cómo me has encontrado?

Alguien me dijo que vivías aquí, ya no recuerdo quién. Pasaba por la calle y he pensado... Por los viejos tiempos, ya sabes.

¿Los viejos tiempos?, se le escapa la sorna, y añade: ¿Qué viejos tiempos?

¿Puedo pasar?

Sí, claro. Todo está un poco... revuelto. No esperaba visitas a esta hora.

La casa es pequeña, humilde, sencilla, y tiene muebles viejos y fotos de Yolanda en la sala, muchas fotos de Yolanda en la sala, y también de Blanca y de una anciana.

No estaré mucho tiempo, solo quería saludarte, saber de ti.

No hay mucho que saber. ¿Quieres tomar algo?

No.

Tengo limonada, y agua...

No, gracias.

Se sienta. Blanca lo hace delante. Se miran. Sonrisas breves, forzadas, incómodas. La exnovia de Gabri está a unas pocas horas de que se le hunda el mundo. Una madre viendo morir a su hija. Eso es lo más. Y él, igual que un cuervo, intenta aprovechar la última carroña. Es como si el teléfono fuera a sonar de un momento a otro para disparar la alarma.

¿Qué haces?

Lo que puedo.

¿Es tu hija?, pregunta señalando una de las fotos.

Sí.

Guapa.

Mucho. Es modelo.

¿Modelo?

La llaman constantemente para hacer fotos, pases... Esas cosas. Si no fuera por ella... Se gana bien la vida, ¿sabes? Ella lo paga todo: lo mío, la residencia de mi madre..., y también es socia de varias ONG: Médicos Sin Fronteras, Amnistía Internacional, Greenpeace... Es un ángel.

La última vez que la vi tenía cinco años.

Imagínate.

Sí, a veces las cosas son un dislate.

¿Qué es eso?

Una locura, un vértigo.

Eso sí.

¿No te has casado?

No.

Pero...

Después de Gabri tuve otra relación y no mejoró demasiado, así que...

¿Y Yolanda?

Es libre.

¿No tiene novio?

No.

Tendrá muchos detrás de ella.

No habla demasiado de eso, ni yo le pregunto. Su vida es su vida. ¿Qué va a contarme a mí? Tampoco yo le contaba nada a mi madre, aunque es distinto. Ella me tuvo de mayor y yo en cambio tuve a Yolanda tan joven...

Gabri estaría orgulloso.

Gabri estaba loco, Leo, ya lo sabes.

Sí, dice y baja la cabeza.

Lo único bueno de nuestra historia fue Yolanda.

Es más de lo que tienen otros.

¿Tú no...?

No.

¿A qué te dedicas?

Inversiones. Me muevo mucho.

Siempre te moviste mucho.

Y de mayores pagamos las deudas con el pasado.

¿Por eso estás aquí?

Se encoge de hombros.

Quería verte, nada más.

Tú estás muy bien.

Gracias.

Gabri siempre tuvo celos de ti. Decía que te las llevabas a todas, que tenías una especie de atracción animal. Por eso no nos presentó hasta estar seguro de mí.

Háblame de tu hija. Me parece fascinante.

A los quince años ya era una belleza. Entonces sí tenía un novio. Marcelino. Todavía vive dos casas más abajo, en el entresuelo. Estuvo coladito por Yolanda aunque era un poco violento, un chulito de barrio, y ella pasó. Un día la descubrió un agente en una tienda en la que se estaba probando ropa y nos convenció de sus posibilidades. A los diecisiete posaba, hacía la pasarela... Durante tres años todo fue muy bien. En esos días yo la acompañaba para que no estuviera sola. Tuvo un bajón a los veinte o veintiuno, dejaron de llamarla un tiempo, y entonces cambió de agencia y todo volvió a funcionar. Me preocupé un poco porque ella es muy sensible y pensaba que ya estaba acabada. Bueno, no es una top de esas, pero ahora trabaja y se gana bien la vida. Viaja, es lista, se cuida...

Siente la garganta seca.

La culpa que lo aplasta.

Todo empieza a darle vueltas, como si el golpe de la cabeza tuviera más y más efectos secundarios.

Tiene que irse ya.

Creo que aceptaré ese vaso de agua, dice.

Blanca se levanta y desaparece. Entonces él cierra los ojos.

Ve el cuerpo de Yoly ensangrentado en la bañera.

Vuelve a abrirlos. Suda.

No veo a nadie de aquellos años, dice la dueña del piso desde la cocina. Es como si hubiera un antes y un después.

Siempre hay un antes y un después, piensa él.

Siempre.

Y se paga por anticipado.

Que los hijos vivan con los padres hasta pasados los treinta es una suerte.

No hay que seguir rastros.

¿Está Marcelino?

La mujer lo observa. Atentamente. No parece un amigo de su hijo. Demasiado mayor. Quizás ande metido en líos, porque su ojo crítico examina su cuerpo, igual que si el bulto de una pistola sobaquera delatara su condición de poli. Decide que tampoco lo parece. O es lo que piensa y se lo cree. No importa.

Sí, dice; luego se vuelve y grita: ¡Marcelino, te llaman!

Marcelino tiene unos veintiocho o veintinueve, es alto, cabello casi rapado al cero, luce músculos a través de su ceñida camiseta blanca y cara de pocos amigos. Parece dispuesto a salir de casa. Más que ir a su encuentro, se enfrenta a él.

¿Sí?

Me llamo Bernabé García, soy periodista.

¿Periodista?

Estoy haciendo un reportaje sobre modelos españolas y bueno..., sé que fuiste novio de Yolanda Arias.

Alza las cejas.

No dice nada.

Me gustaría que me hablaras un poco de ella, cómo era, si la ves todavía...

No, no la veo.

Bueno, es que al parecer fuiste su única relación...

¿Quién le ha dicho eso?

Su madre.

Éramos unos críos. Y, además, ella empezó con eso de la moda. Prácticamente acabó antes de empezar.

Pero sabrás algo de lo que hace, cómo vive ahora...

¿Va a pagarme?

¿Pagarte?

Sí, los periodistas pagan. Tengo una foto con ella, a los dieciséis. Eso igual vale una pasta.

Pues no, no pagamos. La tele sí.

Entonces no puedo decirle nada salvo que Yolanda quería comerse el mundo y yo le dije que el mundo se la comería a ella. Era insensible. Fría. Me dijo que no podía querer a nadie. Cortamos y eso fue todo. La última vez que la vi fue hace un mes o dos, por la calle, saliendo de casa de su madre.

Guapa, ¿verdad?

Sí, asiente.

¿Hablasteis?

Un poco.

¿No sentiste... algo, no sé, nostalgia?, ¿pensar que si hubierais seguido juntos...?

No, miente.

¿Te dijo si salía con alguien, si tenía alguna relación seria?

¿Qué tiene que ver eso con su reportaje?

Las modelos suelen ser reservadas, sobre todo las que salen con muchos. No quieren parecer promiscuas.

Por mí... Se encoge de hombros.

¿De verdad era insensible?

Ya se lo he dicho. Fría.

No lo parece.

No se puede ser tan... de todo sin que eso te afecte a la mollera, no sé si me explico.

Te explicas.

Oiga, mira la hora en su reloj, tengo que salir, lo siento.

Claro, claro. Una pena.

Mejor que no me cite en ese reportaje. Tengo novia y es celosa. Si supiera que tuve que ver con una modelo, igual me monta el pollo.

Le tiende la mano.

Se la estrecha.

Crujen los dedos.

En algún lugar de sí mismo, oculto, o tal vez no, Marcelino, el primer novio de Yoly, sigue siendo violento.

Palos de ciego.

Una madre inofensiva, un novio adolescente...

Aunque en un caso de asesinato nadie sea inocente.

La maldita cabeza.

El dolor...

Entra en una farmacia para comprar aspirinas y la imagen de Yoly le sonríe desde dos docenas de cajas con una crema infalible contra la celulitis.

Parece una broma.

Una broma más allá de la obsesión.

9

El teléfono de Yoly rompe su silencio.

Comprueba el número. La Agencia Stela.

Hola, dice. Yolanda no puede ponerse ahora mismo. Puedo tomar nota.

Dile que me llame.

Espera. Tapa el punto vocal con la mano, tres segundos; luego añade: Dice que me des a mí el recado.

Pausa.

¿Quién eres?

Víctor.

Pausa.

Vuelve a tapar el punto vocal, pero ahora grita de forma que la voz se filtre por él:

¡Ya voy, cariño, es que no quiere dejar el recado!

¿No puede ponerse ella?, insiste la mujer de la agencia.

Está en la ducha, y tenemos prisa.

La última pausa.

Hotel Majestic, mañana a las siete. Cena y noche. Renan.

Muy bien, gracias.

De todas formas, que me llame.

Mañana. Hoy estamos de celebración.

Corta la señal.

La noche es agradable. Invita al paseo. Una noche cálida y hermosa.

Yoly sigue fría en su bañera.

Y mañana es una larga, muy larga distancia.

La primera vez que mató a alguien fue por venganza.

Porque se mata por tres razones: amor, dinero o venganza. Las demás son estúpidas; entre ellas, la guerra.

Mató a Florencio Pedragosa Aguirrechotorena, que no era catalán ni vasco, sino de Soria, y había embarazado a una chica preciosa, guapa, angelical, de las que nunca había roto un plato y se había dejado romper el himen por él, un sinvergüenza, un hijoputa, un cabrón, un cerdo que le habló con dulzura al oído y, mientras ella suspiraba, se la endilgó y se corrió de gusto como solo se corre uno de gusto la primera vez que se lo hace a una virgen y por eso la embarazó y luego le dijo que el problema no era suyo, sino de ella, y ella tuvo que buscarse la vida y acabar en una habitación oscura como un matadero de la que salió desangrada y ya medio muerta antes de que la encontraran muerta del todo en una callejuela asquerosa con media docena de ratas comiéndole el coño que antes le había comido el sinvergüenza, hijoputa, cabrón y cerdo de Florencio Pedragosa Aguirrechotorena, con la diferencia de que, una vez muerta, ya no le importaba, o sí, o qué más daba.

Por eso lo mató.

Y no sintió nada.

Descubrió que era como comer y luego cagar.

Nada.

En un tiempo deseó ser un Ángel Vengador.

Superman, Spiderman, Batman, Leoman, todos los Algoman de los cómics.

Pero no era un superhéroe.

Era solo un tipo que mataba bien.

Limpio.

Eficaz.

Frío.

Tan frío que ahora no se reconoce.

Porque ahora está caliente, le hierve la sangre, vuelve a experimentar lo mismo que aquella primera vez, el deseo de matar por venganza.

Han querido colgarle justo el único crimen que no ha cometido.

¿Quién?

¿Por qué?

Nadie sabía que estaría allí, con ella, follando.

¿Casualidad?

Y una leche.

No hay casualidades como esas en la vida.

Así que es lógico pensar que lo han seguido, que quien sea ha esperado el momento, y que luego ha entrado con una llave del piso de Yoly.

Quizás los ha visto hacerlo.

Sin prisas.

Conjeturas.

O ese quien sea ha entrado de noche, para sorprenderla, y se los ha encontrado follando, follando, follando.

La oportunidad perfecta.

Más conjeturas.

Y quiere, quiere, quiere matar.

Cuanto antes.

Porque, a fin de cuentas, está en el ojo del mismo huracán.

¿Nerea Soler?

Sí, dígame.

Mire, la llamo de Seur. Tenemos un paquete para usted, pero las señas se nos han medio borrado por un pequeño problema y... ¿podría confirmarnos su dirección? Perdone, ¿eh? Y siento llamarla a estas horas, pero es que no solo ha sido su paquete, sino varios, y estamos organizando el reparto de mañana, ya ve.

¿Quién me lo manda?

Un tal Venancio Marimón Fernández.

Cruza los dedos.

Si es como Yoly, los nombres de los clientes acaban perdidos en el olvido. Si no lo es...

Tome nota.

Le da las señas.

¿Estará usted mañana en casa?

No, pero en el edificio hay conserje.

Muy amable, gracias. De verdad que sentimos...

Bien, bien.

Corta la comunicación.

De fondo se oía un televisor.

Nerea está en casa.

Odia los coches que circulan con las ventanillas abiertas y el bum-bum de su música hortera atronando el aire a toda pastilla. No multaría a sus dueños u ocupantes; los condenaría a ser atados a una silla con dos altavoces gigantes a ambos lados y una buena dosis de bum-bum prolongado por espacio de una semana.

¿Cuándo se olvidó la gente del jazz?

El niñato lo mira desde su momentánea parada en el semáforo.

Se mueve como el indio de aquel anuncio de coches en la tele, hace años.

O como ese perro que otros tantos horteras ponen en el coche, y que mueve la cabeza flotante sobre el tronco.

Sí, sí, sí, quiere matar y no le importaría empezar con ese imbécil.

¿Qué hay, viejo?, lo desafía con un grito el del coche.

Y él aparta un poco la chaqueta.

Como si fuera a sacar una pistola.

El imbécil sale corriendo, todavía en rojo, y tiene que esquivar un coche que se le cruza diez metros más allá. Ni el abrumador bum-bum evita que se escuche el grito del conductor rival.

¡Cabrón!

Se olvida del niñato. Cruza la calle. La casa de Nerea Soler es casi tan selecta como la de Yoly, pero menos noble, nueva, a un paso de la Sagrada Familia, la obra inacabada, mezclada y traicionada más espantosa y venerada del mundo, tan eterna en sus cien años como las Pirámides o la Gran Muralla y tan genuina para los turistas como la bandera que los malditos yanquis colocaron en la Luna en 1969.

Llama a un piso y a otro y a un tercero.

A cualquiera menos al segundo primera.

¿Sí?

Abre. Me he dejado la llave.

Y le abren.

Sube a pie, sin hacer ruido.

Pone el oído en la puerta de madera.

Luego pulsa el timbre.

Nerea Soler es una buena fotocopia de Yoly.

O, mejor dicho, el resultado de un escaneo perfecto.

No tiene los ojos ni la mirada de Yoly, no tiene los labios de Yoly, no tiene el cabello de Yoly y no puede comparar sus pies con los de Yoly porque lleva unas zapatillas peludas en forma de conejo.

Simbólico.

Pero es tan alta como Yoly, tan hermosa como Yoly, de formas perfectas como Yoly, el pecho medido como Yoly y el morbo envolviéndola como envolvía a Yoly.

Rubia.

Rubia de verdad.

Lleva una bata anudada en la cintura, escote en V, corta por encima de las rodillas. Acaba el día, pero ella parece salida de una ducha, una sauna, un todo armónico que la ha dejado como nueva.

Salvo por el hecho de que va sin maquillar.

Y su belleza resulta pura.

Hola, Nerea.

Ella frunce el ceño. Ladea la cabeza. Se mantiene expectante.

Soy amigo de Yolanda, dice.

Ah, asiente inmóvil.

¿Puedo pasar?

No.

Por favor.

¿Por qué?

Tengo que hablar contigo.

¿De qué?

Ayer saliste con ella, comisteis en El Café de la Academia. Puede que te hablara de mí.

Lo observa con más detenimiento.

Es como si lo reconociera.

¿Tú eres...?

Sí.

Vaya.

¿Me dejas entrar?

No estoy preparada, pero si me das quince minutos...

No es eso.

¿Ah, no?

Solo hablar. Es importante.

Otra larga mirada, indisimulada, de arriba abajo. No tiene su mejor aspecto, no ha pegado ojo, no se ha afeitado, tiene el chichón en la cabeza y lleva el traje que da pena. Aun así...

No te conozco, dice en un último intento por evitar lo inevitable.

Sí me conoces, dice él. Si Yoly te habló de mí y de lo que hicimos, me conoces.

Solo los íntimos la llaman Yoly.

Ya ves.

Se rinde. Se muerde el labio inferior y se rinde. Le franquea el paso y él entra en otro paraíso terrenal. El piso es más pequeño, pero también más poblado. Las fotografías son igualmente explícitas, un canto al ego, espejos que solo reflejan una imagen, eterna, perfecta. En la sala hay un desnudo de tamaño natural, al detalle.

Traga saliva.

En la sala hay algo más: suena la música.

Jazz.

«One For Newk»..., y suspira.

Logra impresionarla.

¿Te gusta el jazz?

¿Hay algo más que el jazz?

Me tomas el pelo, dice cruzándose de brazos.

Él señala el reproductor:

El tema es de Joe Zawinul, que triunfó en la escena jazz-rock de los setenta con Wayne Shorter en Weather Report, pero aquí lo interpreta Cannonball Adderley, que murió el 8 de agosto de 1975, a los cuarenta y seis años, en el hospital de Gary, Indiana, la misma ciudad en la que había nacido el pobre de Michael Jackson. Era un tipo rechoncho y alegre, fiel al *bop* duro que tocaba con un toque *funk.*

De sus hermosos labios surge una palabrota que suena a miel y a rendición.

Joder...

Se sienta y cruza las piernas. La bata se abre un poco más. Muestra unos muslos duros, trabajados. Las rodillas son huesudas; las pantorrillas, delgadas. No se siente incómoda por enseñar el cuerpo, y menos a un extraño. Se siente incómoda por no ir maquillada. Pero lo resiste. Hay un punto de vulnerabilidad en ello. Indefensión y quizás inseguridad. Cuando le mira la entrepierna él sabe que sí, que Yoly le ha hablado de su primera noche. Y le ha hablado bien.

Recuerda el poema.

No, nadie le ha dedicado un poema jamás.

¿Vas a contarme qué estás haciendo aquí?, pregunta.

Ocupa una butaca frontal. Los separa un metro. Suficiente. El desnudo integral queda a la izquierda. Nerea al natural, aun con la bata, es mucho mejor. El cabello rubio y alborotado le da un aire sofisticado y también rebelde.

Contestaré a todas tus preguntas si antes contestas a las mías.

Ella alza una ceja.

¿Por qué tengo que hacer esto?

Porque lo que he venido a decirte es importante, y lo que tengo que preguntarte lo es más.

Tú eres el de Seur, ¿verdad? Sonríe.

Quien calla, otorga, y él otorga.

¿Te has colgado por Yoly? Sonríe aún más.

No se trata de eso, dice él.

¿Te ha dicho ella dónde vivía yo?

Sí.

¿Así, sin más? ¿Lo hacéis y os ponéis a hablar de mí?

Quería que te llamara.

No me dijo eso. No me dijo nada. Solo me habló de ti. Eres un tipo raro y a mí los tipos raros no...

Espera, la detiene.

¿A qué te dedicas..., Ángel?, pregunta tras hacer memoria.

Le dijo a Yoly que se llamaba Ángel, sí. Le viene de golpe a la cabeza.

Muy eufemístico.

Inversiones, responde.

¿Cómo llegaste a Yoly?

Un amigo.

No pareces la clase de hombre que necesite pagar por una mujer.

Yoly fue... especial.

Eso parece.

Necesito saber algo.

¿Qué?

Ayer comisteis juntas. Le dejaste un mensaje en el móvil diciendo que llegarías quince o veinte minutos tarde.

Silencio.

Luego ella fue de compras, o tal vez ya llevara las compras a la comida, y se marchó al gimnasio, el Iradier.

Silencio.

¿Es así?

Asiente con la cabeza.

¿Fuiste con ella de compras?

Sí.

¿Y al gimnasio?

Sí.

Lo que necesito saber es si sale con alguien, dice cambiando el sesgo del interrogatorio.

Nerea sonríe abiertamente.

Te has colgado por ella, amigo.

No es eso.

Oh, sí lo es, lamenta. Y vienes aquí a sonsacarme sin que ni siquiera te conozca, protesta. Y Yoly es mi amiga…, suspira. ¿No crees que ya eres mayorcito para juegos de adolescente?, remata.

No es eso.

Anda, vete, y descruza las piernas para incorporarse.

Tuvo una historia con un poli, la detiene.

¿Y?

¿Quién es? ¿Cómo se llama?

Nerea lo taladra con unos ojos fríos.

Tú no te dedicas a hacer inversiones, guapo, le dice.

Dime quién es ese poli, dónde lo encuentro, qué clase de relación tenía con ella, y me voy.

¿Por qué no se lo preguntas a ella?

Te lo pregunto a ti.

Pues yo no sé nada.

Mientes.

Ya no espera más. Se pone en pie.

Lárgate, ¿quieres?

No te das cuenta de lo importante que es esto.

Lo siento.

Se siente acorralado. Si le dice la verdad, la pierde. Si no se la dice, también. Duda. Nerea ya está en la puerta de la sala. Ahora hay en su rostro algo salvaje, más físico, más animal si cabe. Su cuerpo parece vibrar. Si no hubiera conocido a Yoly, habría dicho que es la mujer más hermosa que jamás ha tenido delante. Una mujer hecha carne. Después de haberla conocido, es la segunda.

Pero con Yoly muerta se convierte en la primera.

Va a decirle la verdad.

Va a disparárselo en mitad del cerebro.

Y de pronto cambia de idea.

Ángel...

Está bien.

¿Es tu verdadero nombre?

Se encoge de hombros.

Al pasar por su lado advierte algo que no ha captado en el momento de su llegada.

El olor.

El aroma.

Hay fragancias que incitan, son gritos.

Suerte, le desea con la puerta abierta.

No le responde.

Sale al rellano.

La puerta se cierra.

10

Sabe que llamará a Yoly inmediatamente, y baja la escalera lo más rápido que puede. El zumbido del móvil de la modelo muerta estalla en el vestíbulo. Comprueba la pantallita.

Sí.

Nerea.

Un letrerito le anuncia: «Batería baja».

El móvil se va a morir.

Ha sido un riesgo mantenerlo abierto mientras hablaba con la amiga de Yoly, pero no solo necesitaba de cualquier información, sino también de un mucho de suerte.

Cuenta hasta diez y llama al 123.

Un mensaje.

La voz de Nerea:

«Cariño, ese tipo del que me hablaste, el semental, ha aparecido en mi casa, ¿puedes creerlo? Francamente, no sé qué... ¿Tú le dijiste dónde vivía?... Oye, ¿dónde estás? Creía que hoy no trabajabas y... Mira, ha estado haciéndome preguntas sobre ti, y hasta me ha preguntado acerca de Mario, así que me ha dado muy mala espina... Bueno, da igual. ¿Sabes qué?, ahora mismo no puedo pegar ojo, así que si oyes esto voy de camino a tu casa. Tardo quince minutos».

El móvil ya no se muere, agoniza.

Emite señales, la pantalla repite el mensaje: «Batería baja».

Sale por la puerta y alcanza la calle. Echa a andar, pero solo hasta la esquina, por si Nerea lo observa desde su piso. Una vez fuera de su alcance, busca un taxi. Ninguno. Un minuto. Finalmente, la lucecita verde aparece a lo lejos, por la calle Mallorca. Sube a él y le da las señas del piso de Yoly.

Una buena noche, ¿eh?

Sí.

El monosílabo es lo bastante seco para que el taxista desista de buscar otro tema de conversación.

La cabeza vuelve a dolerle.

Necesita dormir.

Mallorca, Diagonal, Ganduxer...

Se apea un poco más arriba de la casa, para no dejar rastro.

Reflexiona.

Cuando Nerea compruebe que Yoly no le abre, quizás vaya a alguna otra parte, y si logra seguirla...

Mario.

El poli se llama Mario.

No son quince minutos, son veinte. Nerea llega en taxi. Viste con elegante discreción, zapatos cómodos, pantalones, una blusa y un jersey liviano.

Entonces... lo inesperado.

Nerea no llama al timbre.

Nerea busca en su bolso y saca unas llaves.

Nerea las introduce en la cerradura de la puerta de la calle.

Nerea tiene llaves del piso de Yoly.

Nerea va a encontrarse con el cadáver.

Es el momento de echar a correr.

A veces el destino depende de una fracción de segundo.

O menos.

Corre. Corre. Corre.

Nerea ya camina por el vestíbulo rumbo a los ascensores.

Él sujeta la puerta de la calle justo antes de que se cierre del todo.

Lo único que quiere es detenerla antes de que pueda subir al ascensor, llegar al piso, entrar y descubrir a su amiga muerta.

¡Nerea!

La modelo vuelve la cabeza.

Frunce el ceño.

Aparece el miedo.

Pero ¿qué...?

Espera, dice él, déjame que...

Ella busca algo en su bolso, tal vez un espray defensivo.

La inmoviliza.

Va a gritar.

Toda la escalera lo oirá, saldrán los vecinos, la espiral los devorará. Intenta ponerle una mano en la boca sin éxito porque ella lleva su furia al paroxismo. Se prepara por si la emprende a patadas, el pánico alborota sus ojos.

¡Mírame!

¡No!

Sigue el forcejeo.

Pronto aparecerá la histeria, el punto sin retorno.

¡No voy a hacerte daño!

La empuja contra la pared.

¡No puedes subir!

¿Por qué?

¡Porque está muerta!

El rictus es de estupefacción.

El horror en los ojos.

Está muerta, y yo estoy buscando a su asesino, dice él, jadeando.

¿Yoly...?

Salgamos de aquí antes de que alguien nos vea, por favor.

No lo cree. Ahora es una masa de carne informe, sin cerebro. Gelatina pura.

Por favor, insiste él.

Pero...

Ayúdame, Nerea.

Algo en sus ojos, en su mirada. La necesidad de la confianza. Una quimera.

La masa de carne se deja llevar, arrastrar de vuelta a la calle.

Bajo una noche silenciosa que de pronto se ha convertido en un sudario.

Hay unos jardines delante, en la plaza de Ferran Casablancas. La lleva hasta ellos, cruzando por la calzada desierta de coches porque más abajo, en Mitre, el semáforo detiene en rojo a los dos que esperan. Un solitario noctámbulo en la parada de autobús lleva los auriculares en las orejas y se apoya indolente en la marquesina sin reparar en ellos, sin hacer otra cosa que esperar su transporte, la vista hundida en el suelo. Pasan por su espalda y alcanzan los jardines, un banco, aunque la casa, con el fantasma del cadáver de Yoly, está allí, demasiado cerca. Nerea se derrumba en la madera. Tiembla. Tiembla de arriba abajo. Tiembla en un incontenible movimiento nervioso, con las pupilas dilatadas, el rostro pálido, las lágrimas que siguen resbalando por los surcos abiertos en su piel nívea. Lo único que puede hacer él es sujetarla, pasarle un brazo por encima de los hombros, poner su otra mano sobre las suyas. Le ofrece su cuerpo en silencio, pero ella lo rechaza. Llora sola. Siente lo que siente sola. La noche se ha vuelto extraña. El hombre que tiene a su lado es un extraño. La vida es extraña cuando todos los horrores se manifiestan. Y la agitación sigue, sigue, sincopada hasta el límite de lo incomprensible.

Tenías razón, dice él, me colgué, dice él, y volví anoche, dice él.
¿Volviste?
Sí.
¿Para verla y...?
Sí.
¿Y ella...?
Sí.
Yoly no es de las que..., deja también la frase a medias.
Fue hermoso, dice él, brutal, dice él, nos sucedió a los dos, sí, dice él.
Luego se queda en suspenso.
Pero ¿qué pasó?, pregunta su compañera y se hunde en la sima de su miedo mientras las lágrimas abren caminos de fuego sobre las mejillas.
Ella fue al baño, dice él, y yo me adormilé, dice él, y cuando me desperté fui a buscarla, dice él, y solo habían transcurrido unos minutos, dice él, y estaba en la bañera, dice él, muerta, dice él, y entonces me golpearon en la cabeza, dice él, ¿ves?, dice él, y le muestra el impacto.
Yoly..., gime ella.
Hunde la cabeza entre las manos y ya no la toca. La deja.
Son sus lágrimas, le pertenecen.
El dolor no se comparte.

¿Vas a ayudarme?
¿Cómo?

¿Quién es Mario?

¿Cómo sabes tú ese nombre?

Extrae el móvil de Yoly del bolsillo de su chaqueta, ya mudo. Se lo da a ella, y ella entiende. Lo entiende todo: qué hace allí, cómo sabe el nombre de Mario; todo.

¿Por qué me has dejado llegar hasta aquí si sabías...?

Ignoraba que tuvieras llaves.

Yo tengo las de Yoly y ella tiene las mías, por si un día nos necesitamos, estamos enfermas..., lo que sea.

¿Y si hubiera estado con un cliente?

Era un riesgo, pero ayer me dijo que no...

¿Tan desconcertante ha sido mi visita?

Cada mirada es nueva y vieja a la vez, sorpresa y recelo.

¿Tú qué crees?

Lo siento.

Ibas a seguirme, por si te había engañado, ¿cierto?

Sí.

¿De veras estás buscando a quien lo hizo?

Sí.

¿Por qué?

Porque yo estaba allí, porque la han matado casi delante de mis narices, y porque de alguna forma han querido involucrarme o...

¿O qué?

Nada, no tiene sentido.

¿Qué es lo que no tiene sentido?

Me he tomado mi tiempo, he registrado el piso, me he marchado por mi propio pie. Nadie lo ha evitado.

Querían matarla a ella, no a ti.

Algo no encaja.

¿Qué?

No lo sé.

¿Qué vas a hacer? ¿Por qué no le dejas esto a la policía?

No.

¿Por qué no?

Porque no. ¿Cuándo crees que alguien descubrirá el cuerpo?

Mañana.

¿La mujer de la limpieza?

Sí. Son dos días a la semana, o cuando la necesita.

No es mucho tiempo. Hoy no he hecho más que dar palos de ciego.

¿Te habló Yoly de que se lo había hecho con un poli?

Sí, miente.

Nerea no lo cree.

O eres sincero conmigo o me largo, llamo a la policía y...

Me lo comentó la persona que me recomendó llamarla. Me dijo que un poli amigo suyo se lo había pasado en grande con ella. Esa es la cadena.

¿Y por qué te interesa tanto ese poli?

Porque los polis no tienen dinero para hacérselo con mujeres como Yoly o como tú. Y porque un poli siempre es un poli. Por eso.

¿Así que es el primero de tu lista?

Sí.

Nerea baja la cabeza. Juega constantemente con los dedos, sus uñas trabajadas día a día, el esplendor de unas manos delicadas y suaves.

No vas desencaminado.

Bien.

El muy hijo de puta...

Cuéntamelo.

Vámonos de aquí, por favor, y se estremece de nuevo.

¿Adónde?

Caminemos, solo eso.

Jordi Sierra i Fabra

Así que se levantan y caminan, Ganduxer abajo.

¿Sabes que la policía me interrogará?, dice ella.

Sí.

Tendré que contarles esto.

No lo hagas.

¿Por qué no?

Porque no has subido, no has visto el cuerpo y no los has llamado, y también porque no quiero que les hables de mí.

¿Ah, no?

No.

¿Estás en libertad condicional o algo así?

No.

Entonces...

Voy a dar con el que lo hizo, Nerea. Y cuando lo encuentre, voy a matarlo.

Lo mira con fijeza.

Sin dejar de andar, lo mira con fijeza.

Y ahora sí lo cree.

Lo lee en sus ojos.

Lo ve en su expresión.

Lo percibe en su determinación.

Su energía la envuelve y la somete.

Así de fácil.

Sí.

¿Te llamas Ángel?

No.

¿Te dedicas a las inversiones?

No.

¿Vas a decírmelo?

No.

Y yo tengo que hablarte de Mario.

Sí.

Yoly me dijo que eras diferente.

Yoly también lo era. Y tú.

No tienes ni idea.

Más de lo que crees.

Unos pasos más, en silencio. De pronto se quedan sin palabras. Parecen una pareja que regresa a casa en mitad de la noche, de vuelta al hogar. Una pareja normal que se acostará, apagará la luz y se olvidarán el uno del otro por unas horas.

¿Estás bien?, pregunta él.

No.

¿Erais muy amigas?

Lo suficiente.

¿Lo suficiente para qué?

Para saber la una de la otra, para apoyarnos... Estábamos solas. Y la soledad une.

Yoly tenía a su madre.

Eso es como estar sola, al menos en nuestro trabajo.

Entiendo.

Yo la metí en esto, ¿sabes?

¿Cómo?

Se encoge de hombros.

Y vuelve a llorar, abrazada a sí misma.

Vamos, sigue hablando, la apremia él.

Nerea mueve la cabeza de lado a lado.

Habla o te derrumbarás. Lo necesitas. Habla de lo que sea, pero habla, vamos.

Han rebasado Mitre y la Via Augusta, y llegan a la plaza de Sant Gregori Taumaturg, con su aberración urbana en forma de iglesia redonda en el centro. La Diagonal a un paso. El complejo lúdico de los cines Cinesa Diagonal a otro. Nerea se detiene.

¿Qué quieres saber de Mario?, dice.

Mario apareció hace más o menos dos meses, como surgido de la nada. Unos treinta y muchos, alto, chulo, macarra... Una noche cogió a Yoly y la amenazó. Le dijo que podía detenerla, meterla en la cárcel, por lo que hacía o por lo que a él le diera la gana inventarse, desde drogas hasta...

¿Tomáis drogas?

¿Estás loco?

Sigue, perdona.

También le dijo que iría a ver a su madre y que le montaría un pollo del que no iba a poder salirse, y si lo lograba, lo haría marcada, con la reputación por los suelos. Se acabaron los buenos clientes, el lujo, los fines de semana en la Riviera o las cenas en Roma o París. La sola idea de que su madre o su abuela supieran algo hizo que se rindiera.

¿Qué quería Mario?

Tenderle una trampa a un tipo.

Piensa en el señor Gonzalo.

¿A quién?

Un tal Norberto Aiguadé no sé qué más, un concejal de Urbanismo de un pueblo de la Costa Brava.

¿Una trampa para qué?

¿Para qué sirve un concejal de Urbanismo?, replica ella, y resopla.

¿Una recalificación?, pregunta él.

Algo así. Mario tiene un socio, uno del ladrillo. Todo un pez gordo. Muchos millones de por medio.

¿En qué consistía la trampa?

En tomarle fotos con ella y filmarlos, para chantajearle con la mujer y con el ayuntamiento. Aiguadé es un «manos limpias», uno que va de íntegro y que aspira a alcalde primero y luego a cotas más altas. Una carrera política.

¿Yoly se prestó al juego?

¿Qué querías que hiciera?

¿Cómo llegó Mario hasta ella?

Ni idea, ya te lo he dicho. Apareció y ya está.

¿Y de qué forma llegó Yoly hasta Norberto Aiguadé?

Todavía no había llegado.

¿Ah, no?

Mario y el del ladrillo estaban preparando la operación, estudiando los puntos flacos de Aiguadé, viendo cómo y por dónde podía entrarle ella.

Pero mientras... Mario lo aprovechó con Yoly.

Sí, reconoce bajando la cabeza.

¿Cuántas veces?

No lo sé, dos, tres, muchas, ¿qué más da?, le lanza otra mirada de soslayo. ¿Tienes celos?

¿Cuál es el apellido de Mario?

Montfort.

¿Y el nombre del constructor?

Fernando Pérez. Su empresa se llama Agmusa.

¿Cómo sabes tú tanto de todo esto?

Yoly estaba asustada. Tenía que contárselo a alguien. En nuestro mundo no hay amigas. Conocidas, sí. Amigas, no. Ni cuando ejercíamos de modelos, porque esa es otra clase de locura.

Hay un deje de tristeza en su voz.

«Cuando ejercíamos de modelos».

Oye, estoy agotada, dice. Necesito...

Te llevaré a tu casa.

No.

¿Dónde quieres ir?

Parece dispuesta a volver a llorar. Mientras habla, olvida. Mientras camina, se deja llevar. A la que piensa o se detiene, aparece la realidad.

No quiero estar sola, confiesa.

¿Temes que puedan hacerte lo mismo?

No. Es decir..., duda y se estremece. No lo sé.

Entiendo.

Ella baja la cabeza, de nuevo confusa.

Puedes quedarte en mi casa.

La levanta de golpe.

¿Hablas en serio?

Sí.

No te conozco.

Claro.

A pesar de todo, tal vez la hayas matado tú, o te lo estés inventando porque estás loco.

Sostiene su mirada.

¿Tienes algún lugar a donde ir?

No, responde Nerea, y vuelve a hurtarle la vista.

¿Familia, amigos?

Mis padres viven en Lleida. Mi hermana en Girona. Mi hermano en Tarragona.

Y tú en Barcelona.

Sí.

¿Quieres que me quede contigo esta noche?

¿En mi casa?

Sí.

Duda.

Fíate de Yoly, dice él, de lo que te contó de mí.

Solo era sexo.

¿Nada más?

Nada más.

Entonces sabes que no te haré daño. Tú decides.

Nerea mira hacia la izquierda, hacia la nada. La sacuden mil ramalazos.

Y se rinde.

Está bien, dice.

Ella misma levanta una mano para detener un taxi.

11

En el taxi no hablan. El hombre que lo maneja mira insistente-
mente por el espejo interior, imantado por ella. Una de las veces casi
se traga a un motorista. El incidente lo obliga a concentrarse en la
conducción. Reaparece la Sagrada Familia en su horizonte.
De vuelta al piso.

Se derrumba sobre una butaca y se lleva una mano a la cabeza.
¿Te duele?, pregunta Nerea.
Sí.
¿Alguien te curó ese golpe?
No.
Sale de allí y lo deja solo. Un minuto. Regresa con una bande-
jita en la que hay de todo: alcohol, agua oxigenada, gasas, vendas,
esparadrapo, mercromina, yodo, tijeritas...
Déjame ver.
Le deja que vea.
Ella manipula su zona dañada, el chichón. Le limpia la herida,
le corta algún cabello próximo, le pone algo que le pica. Él siente sus
manos, sus dedos. Recuerda las manos y los dedos de Yoly.
Yoly no está.
Nerea, sí.

¿Cuánto hace que no duermes?

No lo sé.

Yo, si no duermo, no puedo pensar con claridad. ¿Quieres comer algo?

No me vendría mal.

Esto ya está. Ven, vamos a la cocina.

Deja la bandejita con el botiquín en la mesa y le precede. La cocina es amplia y en ella hay otra mesa y cuatro sillas. De la nevera saca jamón y una tabla de quesos. También pan de molde.

¿Qué quieres beber?

Agua.

Una jarra de agua y dos vasos.

Las miradas son como dardos acerados. Duelen.

¿Cómo os conocisteis Yoly y tú?

Casualidad.

¿Coincidisteis en una pasarela o una sesión de fotos?

Tengo tres años más que ella. Eso es un mundo, confiesa.

Entonces...

El dolor se amortigua. La serena. Sus ojos se han hundido, pero lejos de hacerla parecer cansada, le aportan una mayor dimensión y naturalidad. Sin maquillaje, sin artificio. En la India, los jainistas construyen templos perfectos; tanto, que dejan siempre una columna torcida para que los dioses no se enfaden. Esa columna es la imperfección que les permite crear la auténtica maravilla a su alrededor. En Nerea sucede lo mismo. El fondo de sus pupilas es la imperfección que dota de sentido al conjunto.

¿Sabes algo del mundo de la moda?

No.

Es un universo paralelo, dice ella. Todo el que se mete en él vive y actúa bajo otras normas, siguiendo otras reglas. Culto a la belleza, dinero, poder, vértigo, *glamour*, las mujeres más hermosas y los hombres más fuertes... Eso es lo que la gente no ve. La parte oscura de la luz. Las fotos de las revistas son preciosas. Los desfiles son un ritual mágico. Veinte, treinta modelos caminando con ropas de fantasía delante de un público que se mueve en ese círculo y que los demás mortales solo verán por televisión. Pero la moda es cruel, rápida, voraz y destructiva. Hay veinte *tops*, cincuenta grandes y el inmenso resto. Los que manejan la moda mueven carne humana. Y digo «carne». Quieren niñas, y si se impone un tipo de niña..., a por él que van, y lo demás ya no interesa. No se trata solo de esqueletos humanos, sino también de imágenes andróginas que pueden ser maleadas, construidas y reconstruidas cien veces. Cuerpos de ébano, orientales... No basta con ser guapa. Cuando estás en un desfile todas lo son. Por la calle eres un *shock*, pero en medio de las tops eres una más. Hoy las modelos empiezan con quince años, a los diecisiete son las reinas y a los veinte todo cambia y llega el olvido.

Creía que la edad del retiro eran los treinta.

Y lo es, pero hay distintos tipos de mujeres. Esas niñas andróginas, que sin tocar incluso parecen feas, se convierten en princesas después de que peluqueros, maquilladores y diseñadores les den el aliento de su gracia. Yoly y yo no pertenecíamos a esa clase. Nosotras tenemos formas, somos mujeres, mujeres de verdad. Somos «la tía buena» que hace poner bizcos a los hombres por la calle. Un día dejan de llamarte para desfiles, pero te quedan las fotos. Somos atractivas. Y otro día también se acaban las fotos, porque tu cara está asociada ya a tal o cual producto. Y entonces te quedas sin nada. Si no te has convertido en la novia de un cantante o la esposa de un viejo, se acabó. Entonces comprendes que para seguir viviendo igual necesitas olvidarte del último escrúpulo. Se puede ganar más en una sola noche que otras en diez. Se trata de aprovechar el don que la vida te ha dado.

Así que le propusiste a Yoly...

Sí. Nos caímos bien. Teníamos mucho en común. Nos hacíamos confidencias, nos pasábamos nombres... Un par de veces incluso trabajamos juntas.

Traga saliva.

Una es mucho. Dos, demasiado.

Hay hijos de puta con suerte.

Suerte y dinero.

Mientras ella hablaba, él ha comido. No demasiado. Lo justo. Si no fuera por lo que los envuelve, serían una pareja disfrutando de la velada antes de acostarse.

¿No probasteis en el cine?, pregunta.

Y Nerea se echa a reír.

Por primera vez, se echa a reír.

La columna se endereza.

Los dioses van a enfadarse.

No, no es Yoly, pero es la segunda mujer más hermosa que jamás ha visto.

Eres un tipo extraño.

No, no lo soy.

Yoly me dijo que eras fuerte, pero también dulce y sensual.

Yoly necesitaba algo diferente.

¿Tú crees?

Sí.

¿Quién no necesita algo diferente?

¿Has estado enamorada?

Claro.

¿De quién?

De mi primer novio.

¿Qué salió mal?

Me dijo que vivir conmigo sería un infierno, que saber que todos los hombres me mirarían con deseo acabaría resultándole insoportable, que darse cuenta de que sus amigos me imaginaban desnuda y tenían fantasías conmigo le violentaría. Así que se casó con una chica normal y corriente, y es feliz.

¿Cómo sabes que es feliz?

Están esperando un hijo.

Eso no significa nada.

Depende.

¿No ha habido nadie más?

Según lo que entiendas por amor, no.

De alguna forma, Yoly está entre los dos; lo saben, lo comprenden y lo aceptan.

Esta noche, sí.

¿De veras vas a matar al que lo hizo?

Ya te he dicho que sí.

¿Has matado a alguien?

Sí.

Nerea convierte sus ojos en dos agujas.

Se las hunde en los suyos.

¿Qué se siente?

Si el tipo es un hijo de puta, alivio.

¿Y si no lo es?

Siempre lo son.

Debo de estar loca…, suspira. Mi amiga ha muerto y tú y yo estamos aquí, como si tal cosa, en mi casa, cenando en la cocina y hablando de…

Es tarde, reconoce él.

Puedes ducharte si quieres. Estás hecho un asco.

Gracias.

También tengo alguna camisa de hombre. Por si acaso. Te vendrán bien.

Pensaba ir mañana a mi casa a cambiarme.

Como quieras.

Si me das esa camisa, me ahorraré el viaje. Y te la devolveré.

Lo sé.

¿Por qué lo sabes?

Porque sé que volverás.

Es un cuarto de invitados que nunca he usado porque nunca he tenido un invitado, dice ella.

Contempla la habitación desde la puerta abierta.

Hora del adiós.

El baño está delante. Nerea desaparecerá en su habitación. Ambos cerrarán sus respectivas puertas. Una situación extraña, compleja. Todo es inesperado.

¿Por qué te gusta el jazz?, pregunta ella de pronto.

Porque es limpio, sensual, brutal, siempre innovador, capaz de improvisar y regenerarse constantemente...

La última sonrisa.

Sí, Yoly me dijo lo mismo de ti.

Da media vuelta y se va.

La estela invisible es poderosa.

Sale del baño envuelto en una toalla.

Se detiene en mitad del pasillo.

El rumor proviene de la habitación de Nerea.

Se aproxima.

Pega su oído derecho a la madera.

Y la oye llorar.

Al lado, en la pared, hay una fotografía en blanco y negro, turbadora. Nerea con un vestido de noche, negro o tal vez de un color fuerte. Hombros al desnudo, escote de vértigo y las piernas asomando por el corte delantero de la ropa, largas y estilizadas. Calza unos zapatos de aguja. De mucha aguja. Un milagro de equilibrio. Tiene la cabeza echada hacia atrás, el pelo revuelto, los labios oscuros. Mira fijamente al fotógrafo, al espectador, al mundo entero.

Mira porque puede.

Lo desafía.

Ahora está al otro lado de la puerta, sola.

Llorando.

Llorando porque es el mundo el que ahora la desafía a ella.

Apaga la luz.

Una cama distinta, nuevos olores.

Y una mujer cerca.

Cerca.

Lejos.

12

Otra ducha.

La mañana.

Sol.

Silencio.

La camisa limpia le sienta bien. Los calcetines, lavados la noche anterior, todavía están ligeramente húmedos, pero se los pone igual. La sala, con las Nereas fotografiadas, lo acoge con una sensación de falso hogar.

No es una casa para vivir.

Es una casa para estar.

Follar.

Bueno, en todas las casas se folla o te dan por el culo.

Se prepara algo en la cocina. Un vaso de leche fría. Come un poco más de pan de molde y queso. Espera. ¿A qué hora se despierta una mujer que ha terminado rendida por las lágrimas? ¿A qué hora se despierta una mujer que probablemente vive la noche más que el día? ¿A qué hora la vida penetra en un cuerpo como el suyo?

Quizás mejor sería largarse ya.

No.

No puede.

Necesita saber algo más de Mario Montfort.

Examina los discos. Buen jazz. Muy bueno, aunque picotea un poco de aquí y de allá, sin excesivo criterio. Los maestros junto a algún advenedizo.

¿Y si Nerea no despierta hasta mediodía?

Se mueve como un león enjaulado.

Camina hasta su habitación. Entreabre la puerta sin hacer ruido. Ella duerme boca abajo, silueteada por las líneas horizontales del sol que se cuela por la persiana a medio subir o medio bajar, según se mire. Lleva un pijama blanco, muy blanco, calzón corto y la parte superior. El culo es muy redondo; las piernas, muy largas; el cabello le cubre media cara. No es tan distinta de Yoly, piensa. Las dos son mujeres de bandera, piensa. Las dos decidieron que su vida tenía un precio, piensa. Destila morbo, piensa. Todo en ella fluye hacia el deseo, piensa.

Cierra la puerta y regresa a la sala.

Pone música, muy muy baja.

El piano de Art Tatum desgrana «Out of Nowhere».

Hola.

Se ha puesto la misma bata corta del primer día.

Hola.

¿Qué hora es?

Tarde.

Lo siento.

Va descalza. Ahora sí le ve los pies.

Y le gustan.

Mucho.

Se pasa una mano por los ojos, con naturalidad. No le importa que él la vea así.

No quería irme sin más.

Claro.

Anoche no me describiste a Mario Montfort, ni me dijiste dónde puedo encontrarlo. Solo dijiste que era alto, chulo, macarra y de treinta y muchos.

Tiene el pelo negro, demasiado negro para ser natural. La nariz ligeramente desviada a la derecha. La mandíbula cuadrada. Los ojos algo juntos. Las cejas espesas. Una cicatriz en la frente, pequeña pero suficiente. Yoly me habló de la Central, en Via Laietana.

¿Sabes si está casado o si vive con alguien?

Yoly me dijo que vivía solo.

¿Dónde?

Ni idea.

Me las apañaré.

¿Te vas ya?

Sí.

Se muerde el labio inferior y con la mano derecha presiona su brazo izquierdo. Está perdida. No sabe qué quiere.

Volveré.

¿Cuándo?

Cuando sepa algo.

¿Y si no averiguas nada?

Lo averiguaré.

Es su confianza la que la serena.

A esta hora la mujer que limpia el piso de Yoly ya debe de haber encontrado el cuerpo, se estremece. ¿Y si la policía...?

No son tan rápidos.

Pero me llamarán.

Diles la verdad en cuanto a ese día: fuisteis a comer, al gimnasio, y luego ella volvió a su casa. ¿Tienes coartada?

Sí.

¿Alguien de quien puedas dar un nombre?

No.

¿Eres buena actriz?

¿Por qué lo preguntas?

Con ellos debes fingir, así que se trata de lo mismo. No hace falta que le diga quiénes son «ellos». Y llora. Llorar siempre es bueno. Cualquier poli querría que lloraras en su hombro.

¿Amaneces siempre tan capullo?

Solo cuando paso la noche en casa de una mujer sin tocarla.

Vale, vete.

Recoge la chaqueta y pasa por su lado. La última mirada es de cristal.

Mientras espera, cerca de la Central de policía, examina la lista de números telefónicos extraída del móvil de Yoly. Hace un intento con los más utilizados, además del de la Agencia Stela, que ya conoce.

¿Dígame?, pregunta la primera voz.

Blanca, su madre.

Corta.

Residencia Aurora, ¿dígame?, pregunta la segunda voz.

El lugar en el que tiene internada a su abuela.

Perdone, me he equivocado.

Llama a un tercer número, pero sabiendo quién va a responderle.

¿Sí?

No soy un capullo, le dice.

Ya.

¿Trabajas esta noche?

Silencio.

¿Nerea?

No, no trabajo. Y aunque tuviera algo, no podría. ¿Dónde estás?

Esperando a Mario Montfort.

Estás loco.

No, pero me da igual.

Suerte.

No abras la puerta a nadie, por si acaso.

Eso, dame ánimos.

Solo es precaución. Chao.

Chao.

Mario Montfort sale de la comisaría casi dos horas después. Alto, chulo, macarra. Sí. Camina como si la calle fuera suya. Pisa como si las baldosas y el asfalto los hubieran puesto para él. Va solo. Mueve los hombros de un lado a otro al andar, oscilando igual que un péndulo debido a sus zancadas, más largas de lo normal. Debe de ser inspector, por lo menos. El traje es elegante a lo Corte Inglés. Emidio Tucci. O sea, elegante para lo que es él. Alto, chulo, macarra. Sí. Lo sigue desde el otro lado de la calle, pero no va muy lejos. Se mete en un restaurante. El camarero lo recibe con una sonrisa. Tiene mesa. Él no. Mientras Mario Montfort come como un señor, a él le toca la barra. Una ensalada y pescado. El policía en cambio es de tres platos, y pan. No prueba el vino. Se toma su tiempo y cuando sale, feliz, regresa a la comisaría. Otra hora de espera. Nada. Mario Montfort no parece estar dispuesto a pisar la calle ese día. Mario Montfort, el tipo alto, chulo y macarra que le complicó la vida a Yoly, ha decidido que hoy Barcelona no lo necesita. Por suerte, Barcelona parece tranquila, tal cual, sin la histeria de saberse vulnerable. Claro que Barcelona a lo peor no lo sabe. No sabe que hay tipos como Mario Montfort que velan por ella. Todas las ciudades son femeninas. Son «las ciudades». «Las» o «la». En cambio, todos los cabrones son masculinos. «Los» o «el». Otra hora más. El día que empieza a perderse.

Suena el teléfono.

Nerea.

¿Qué hay?

La mujer de la limpieza está enferma. Hoy no ha ido a casa de Yoly.

Calibra la información.

Bien.

Me han llamado de la agencia. Yoly tenía una cita esta noche. La están buscando.

Hotel Majestic, a las siete. Cena y noche. Renan.

¿Cómo sabes eso?

Me dieron el mensaje a mí.

Sonia está perdiendo facultades.

¿Quién es Sonia?

La que coordina el trabajo en la agencia.

¿Y quién manda?

La señora Claudia.

Dame la dirección.

¿Por qué?

Por si acaso.

¿Sigues con Montfort?

Sí.

¿Frente a la Central?

Día perdido.

Tengo un regalo para ti.

Nerea empieza a sorprenderlo.

¿Ah, sí?

Su dirección.

¿Cómo la has conseguido?

Yoly me comentó que desde la ventana veía la entrada de los cines Verdi, en Gràcia. Lo he recordado hace un rato. He ido hasta allí y ha bastado con ver los buzones de las casas.

Bien…, suspira.

Le da el número. Lo memoriza. Hora de dejar la vigilancia frente a la comisaría de policía. Hora de las sorpresas.

Gracias, Nerea.

Ni siquiera sé por qué lo hago.

Yo sí.

Primero, a su piso, a buscar un arma.

La escoge pequeña, manejable, limpia.

Se cambia de ropa. Se deja la camisa que le ha dado Nerea. Lo hace por cortesía. Se pregunta quién se la habrá dejado en su casa. O si es nueva, para una emergencia. Las preguntas son siempre molestas cuando surgen, rebotan de un lado a otro de la mente y mueren de inanición en el suelo del cerebro. Molestan porque dejan un poso, una mala digestión.

Primero Yoly, ahora Nerea.

Un mundo peligroso.

Lo sabe.

Bien que lo sabe.

Sobre todo cuando el deseo estalla, cuando la libido emerge, cuando la bragueta se mueve porque el pájaro se inquieta.

En la calle detiene un taxi.

Cines Verdi.

No voy a poderle dejar delante, ¿lo sabe?

Sí, lo sé.

Bien, señor.

Allá va.

La casa es típica del barrio, pequeña y antigua, aunque ahora Gràcia se haya vuelto cosmopolita, rutilante, peatonal. Un barrio que ya no sabe a pueblo, sino a microcosmos urbano y luminoso, con tiendas de lujo compitiendo por espacio junto a los restos de los viejos comercios, remozados para el siglo XXI. Alrededor de los Verdi pululan los amantes del cine con sabor, en versión original, mezcla de jóvenes con ideas propias y residuales amantes mayores del séptimo arte. Hablan, entran, salen. Representan el lado más amable de la Barcelona abierta.

Les da la espalda.

Tiene que entrar en la casa, en el piso. El piso de un inspector de policía.

Un poli cabrón.

Corrupto.

No hay portera, hay timbres y un interfono. No se arriesga a llamar a ningún piso. Espera. Dos pasos arriba, dos pasos abajo. Espera. Espera hasta que la puerta se abre y por ella aparece una mujer que rebasa la mediana edad. Calcula la distancia, los movimientos. La mujer pasa por su lado y la puerta sigue cerrándose despacio. Tiene tiempo de meter el pie y colarse dentro.

Si Yoly veía los pisos desde la ventana, entonces se trata del entresuelo.

Y lo es.

Lo pone en el buzón.

Sube el tramo de escaleras, comprueba la puerta. Tres cerraduras. Y de seguridad. Nada que hacer. Toca vigilia.

Mario Montfort puede regresar a su piso a las tantas.

O no hacerlo.

Da lo mismo. Toca vigilia. Está acostumbrado. Todos sus cadáveres han requerido tiempo, y siempre lo ha tenido.

Menos ahora.

No puede quedarse en el rellano.

Sube al último piso.

Una puerta da al terrado, y no está cerrado con llave.

Asomado a él, se ve la calle.

La calle por la que, tarde o temprano, aparecerá el poli.

Lo peor de las esperas son los pensamientos.

Otra vez.

Yoly, que sigue en su bañera, cubierta de sangre, fría.

Nerea, que sigue en su casa, cubierta de miedo, caliente.

El señor Gonzalo le mandó matar a una inocente.

Y todo por un poli cabrón, cabrón, cabrón.

Los minutos son muy largos cuando de lo que se trata es de una cuenta atrás.

Tic-tac, tic-tac, tic-tac.

Ocho y doce minutos.

Ahí está.

Alto, chulo, macarra.

Con su bamboleo, sus pasos largos, su *tempo*.

Sale del terrado y regresa a la escalera. Cuatro plantas más abajo escucha el ruido de la puerta del piso al cerrarse. Desciende despacio, con los músculos en tensión, por si aparece alguien más. Llega al entresuelo y coge la pistola.

Llama al timbre.

Mario Montfort puede preguntar quién es.

Pero no lo hace.

Es un poli.

Un poli con una maldita placa.

La puerta se abre y la mano armada cruza el umbral.

El cañón se incrusta en la desguarnecida frente.

Bizquea.

Pero ¿qué...?

Todo es muy rápido, mucho. El paso al frente, la mano armada que sube y baja al encuentro del rostro. El impacto. El gemido que se confunde con el sonido de la puerta al cerrarse. La caída al suelo, como un fardo. El segundo golpe. El tercero. La primera sangre.

Mario Montfort ya no es alto, ni chulo, ni macarra.

Se va.

13

Despierta despacio.

Primero intenta centrar la vista. No lo consigue. Después hace un gesto de dolor, cuando las punzadas provenientes de la cabeza le hacen llegar su mensaje. Por último, empieza a darse cuenta de la realidad.

Primera realidad: tiene las manos atadas a la espalda y un pie sujeto a cada pata de la silla.

Segunda realidad: tiene la boca tapada con una gruesa cinta adhesiva.

Tercera realidad: hay una forma borrosa, que poco a poco va cobrando dimensión, sentado delante de él.

Cuarta realidad: la forma borrosa es la de un hombre que sostiene una pistola en la mano.

Ya no hay más realidades.

Son suficientes para que se despeje de golpe, aunque el dolor sistemático de la aporreada cabeza siga mandándole mensajes.

Bum, bum, bum.

Mario Montfort se agita.

Un esfuerzo inútil.

Él, ni se inmuta.

Mario Montfort forcejea.

Otro esfuerzo baldío.

Él espera.

La respiración del prisionero se transforma en jadeos. Los ojos se inyectan en odio, rabia, miedo y sangre. La misma sangre que le ha manchado la cara y la ropa y que aún gotea por su cabeza.

Cuando te canses, hablaremos, le dice.

El poli deja de moverse.

Salvo su pecho, que sube y baja muy rápido.

¿Ya?

Asiente.

¿Ves esto?, dice mientras le acerca la pistola para que vea el silenciador. Como mucho, algún vecino pensará que estás de juerga con una de tus putas, bebiendo cava.

Le da tres segundos para que lo asimile.

Voy a quitarte la cinta de la boca, dice. ¿Quieres que te quite la cinta de la boca?, pregunta. Así sabrás de qué va esta película, añade.

Mario Montfort dice que sí.

Y él le arranca la cinta, de golpe.

¡Maldito hijo de puta! ¿No sabes quién soy yo, cabrón? ¡Te has metido en un lío de dos pares de...!

Hay golpes para aturdir, y los hay para aturdir mucho o aturdir poco. También los hay para hacer daño. Solo eso. Daño.

Y le hace daño.

¡Ay!

Chisss...

Pero ¡qué coño...!

Otro golpe.

Mírame a los ojos.

El poli lo hace. Las pupilas son islas en mitad del blanco demencial que las envuelve.

Si te vuelvo a poner la cinta en la boca, se acabó, te mataré, sin más.

Ya no se mueve.

Sabes que hablo en serio, ¿verdad?

Ya no se mueve.

Dímelo. Sabes que hablo en serio, ¿verdad?

Sí.

Bien.

¿Puedo...?

No.

Se guarda la pistola en el bolsillo. Está a un metro de su víctima. Se aparta un poco. Precaución.

Voy a contarte cómo va esto, le dice, yo pregunto y tú contestas, le dice, y por cada respuesta que no me convenza, le dice, te machacaré más y más la cabeza, o los huevos, le dice, así que depende de ti, le dice, de ti y de que seas un poco listo, le dice, ¿eres listo?

Sí.

Perfecto. Entonces nos entenderemos.

Mario Montfort ya ha recuperado sus constantes. Mira a su alrededor. La ventana que da a la calle, cerrada, con postigos incluidos. La luz es la de la lamparita de la mesa, no la del techo. Ha interrogado en peores condiciones a muchos quinquis, pero, para el caso, da lo mismo que sea un palacio o los calabozos de la Central.

Con él, los quinquis están jodidos.

Con su captor, el que está jodido es él.

¿Mataste tú a Yolanda?, le dispara a bocajarro.

Los ojos de su presa vuelven a bailar.

Se siente como aquel tipo de la serie *Lie to Me* (*Miénteme*). Tim Roth.

Mario Montfort está sorprendido.

¿Cómo dices?

Sí o no.

¿Han matado... a Yolanda?

Sí o no.

¡No!

Vuelve a gritar y te quedas sin los dientes de delante.

El poli cierra la boca.

¿No sabías que han matado a Yolanda?

No, responde contrayendo la cara en una mueca.

¿Cuándo fue la última vez que la viste?

No sé... Hace memoria rápido al ver que él se impacienta y se mueve. ¡Tres o cuatro días, quizás cinco!, dice. ¿Qué día es hoy? ¡Joder, tengo la cabeza del revés, tío!

No me llames «tío».

¡Yo no le haría daño a Yolanda, coño! ¡Es genial!

Lo sería para ti. Ella me dijo que eras un pichafloja de esos que se corren rápido, de esos que no saben aprovechar lo bueno, de esos que se cagan encima con una mujer como ella debajo.

¿Te dijo eso?

Duele más que los golpes en la cabeza, ¿verdad?

¿Cuándo ha muerto?

Las preguntas las hago yo, le recuerda, pero te diré que la degollaron. Fría y profesionalmente.

Joder..., acusa el golpe.

Y lo acusa mucho.

Háblame de tu chanchullo.

¿Qué chanchullo?

Pierde la paciencia. Ni siquiera saca la pistola. Lo hace con el puño cerrado.

Directo a la mandíbula.

Mario Montfort y la silla están a punto de caer.

Háblame de tu chanchullo.

No puedo...

La patada va directamente a la entrepierna.

Donde más duele.

Ahora sí, la silla cae para atrás.

Y él se abalanza sobre el poli, lo coge por el pelo y tira con violencia.

No vas a... matarme..., jadea.

La pistola aparece en la mano. El cañón desaparece en su boca.

Ni siquiera eres listo, le escupe a la cara. No eres más que un mamón con una placa y algunos sueños.

Está bien, está bien... ¡Está bien!, grita apartando el cañón con la lengua. ¡Pero lo que tú llamas «chanchullo» ni siquiera estaba en marcha, todavía lo estábamos organizando! ¡No hay nada!, ¿entiendes? ¡Nada!

¿Conocía ya Norberto Aiguadé a Yolanda?

No.

Nerea le había dicho lo mismo.

¿Y Fernando Pérez?

Tampoco.

Mientras, te la beneficiabas.

Sí.

¿Quién podía querer matar a Yolanda?

No lo sé.

Mario...

¡No lo sé!, y se derrumba por fin.

Lágrimas patéticas.

Solo... queríamos tenderle... una trampa a Aiguadé... ¡Coño, esos terrenos son la hostia!, pero sin recalificar ¡no valen una mierda...! ¿Sabes la de pasta que hay en eso? Podríamos... Es decir... si te interesa...

¿Tenía miedo ella?

No.

¿Te comentó algo?, ¿te dijo si se sentía en peligro...?

No.

¿No notaste nada?

¡Joder, era una puta! Llora. Con clase, pero... ¡era una puta! ¡Tendría clientes, tíos capaces de perder el puto culo por ella! ¡Era la hostia en la cama!

La pistola reaparece.

Y él se levanta.

Para verlo desde lo alto.

¿Qué..., qué vas a hacer?

Es como si la hubieras matado tú, dice.

Pero ¡yo no...!

Alguien supo que se tiraba a un poli. Alguien temeroso, precavido. Alguien que no hizo preguntas, ni esperó, porque para él una Yolanda de más o de menos no importa. Alguien que sumó dos y dos a su estilo. Así que me encargó matarla.

¿Tú...?

Otro alguien se me adelantó.

Entonces ¡listo!, ¿no?

No, amigo. De listo nada.

No, ¡no!

Te lo he dicho: en el fondo la mataste tú cuando la obligaste a meterse en esto.

¡Yo no lo sabía!

La mano se tensa, forma una línea recta con la pistola.

Mario Montfort trata de recular y no puede.

Los ojos se le salen de las órbitas.

Y la vida.

Por el agujero de la frente.

¡Tap!

En la calle, frente a los cines Verdi, alguien se ríe.

Una chica feliz.

Cuando mata a alguien no siente nada.

Ahora, sí.

Un subidón.

Yoly..., musita.

Mira el cadáver de Mario Montfort.

Los de la mafia ponen sardinas en la boca de sus víctimas, o les cortan un dedo, o... Bueno, no está seguro. Algo así. Si no son sardinas será otra cosa. Pero algo hacen.

Examina el piso.

Inspector o no, es normal, discreto, con detalles de mal gusto. Sobre una mesita ve unas fotos. El poli había estado casado. Era padre.

Chasquea la lengua.

Su hija no sabrá nunca que, en el fondo, le ha hecho un favor.

Registra el piso.

Nada.

Lo hace a conciencia.

El poli no se llevaba el trabajo a casa.

Ni siquiera tiene un ordenador. Solo videojuegos.

Encuentra una hoja de papel. Un bolígrafo. No ha tocado nada, así que escribe con cuidado, letras de palo, y cuando termina, se guarda el bolígrafo.

Deja la nota sobre el pecho del muerto.

ID A POR FERNANDO PÉREZ, DE AGMUSA

No se siente justiciero, ni héroe. No se siente nada.

Solo es instinto.

Nadie lo ve escabullirse del piso.

Nadie lo ve escabullirse de la casa.

La calle aún está más concurrida que antes. Salida y entrada de las salas de cine. No es más que un tipo cualquiera en un anochecer cualquiera. Sube por la calle Verdi, toma la primera a la izquierda.

Y ahora ¿qué?

Piensa, Leo, piensa.

¿En qué?

¿Qué se le escapa?

Llegó a casa de Yoly, se folló a Yoly, y cuando Yoly fue al baño, la degollaron, y a él...

¿Estuvo allí todo ese tiempo el asesino?

¿Los oyó hacerlo?

¿Apareció después?

¿Cómo entró?

¿Cómo entró?

¿Cómo entró?

Quien fuera tenía las llaves del piso.

O eso o Yoly le abrió la puerta, y entonces la pregunta es: ¿para qué?

No, le gusta más la teoría de las llaves.

Una mujer puede fingir muchas cosas, pero no la forma de follar, con el sexo inundado. El sexo no se inunda sin deseo. Y ella se lo folló tanto como él a ella.

¿Quién tendría las llaves del piso de Yoly?

Nerea.

Y ella no ha sido.

No ha sido.

¿Está seguro?

No ha sido.

No.

Cualquier cliente puede levantarse en mitad de la noche, hacer un molde, tener copias. Un cliente loco o herido o enamorado, como ha dicho Mario Montfort.

Entonces ¿por qué no lo mató también a él, de paso, para montar una escena de celos, venganza y todo ese rollo? Habría bastado con ponerle el cuchillo en la mano y en la de ella lo que fuera con lo que le hubiera golpeado. Primero el golpe, por una pelea, después el degüello.

¿No lo hizo porque lo quería vivo?

¿Para cargar con el muerto?

¿Para que hiciera exactamente lo que está haciendo?

Investigar.

Piensa, Leo, piensa.

Cuando se mata no hay que pensar, esa es la diferencia.

El taxi lo coge en Torrent de l'Olla.

14

Nerea no lleva la bata.

Va vestida.

Quizás porque lo esperaba.

Hola.

Hola.

Se miran, ella apoyada en la puerta y él en el rellano.

Se miran y se reconocen.

Sus ojos.

¿Puedo pasar?

Se aparta y le franquea el paso. Ya conoce la casa. Como si fuera suya. Llega a la sala y se deja caer sobre la butaca más cercana. Nerea se detiene frente a él, cruza los brazos, espera. Lleva unos pantalones vaqueros, ceñidos, y una blusa holgada, liviana. Por encima del pecho, alto y fuerte, cabalga un collar estrafalario, puro diseño.

Parece distinta.

Está distinta.

Su amiga está muerta, pero la vida sigue.

¿Me das un vaso de agua?

Da media vuelta y se dirige a la cocina. Él aprovecha para quitarse la chaqueta. Cuando ella regresa, sucede algo. Por uno de los bolsillos emerge parte de la pistola.

Ella la ve.

Y él sabe que la ha visto.

Ninguno dice nada.

Gracias, dice; toma el vaso de su mano y lo apura sin más.

¿Por qué has vuelto?

Para hablar, pedirte un par de cosas.

¿Has encontrado a Mario Montfort?

Sí.

¿Fue él?

No.

¿Y ahora?

Tranquila.

Nerea vuelve a mirar la chaqueta, el bolsillo que esconde la pistola. Interpreta lo que significa eso.

Y entonces lo sabe.

Lo mira con los ojos entrecerrados.

¿Está muerto?, pregunta.

Sí, dice él.

Has matado a un poli.

También era un hijo de puta.

No les gusta que los maten.

Si escarban en su mierda van a estar entretenidos un tiempo.

¿Y qué se supone que he de hacer yo?

Nada.

Soy la amiga de una chica asesinada, las dos nos dedicamos a lo que nos dedicamos. ¿No crees que me apretarán las tuercas?

Puedes hablarles de mí. Puedes no hacerlo.

Debo de estar loca.

Todos lo estamos, cielo.

¿No había otra forma de...?

No.

Yoly me dijo que eras raro.

¿Y?

No eres raro, eres...

Ella se queda en silencio y él cierra los ojos. Apoya la cabeza en la butaca. Es extraño, pero tanto en la casa de Yoly como en esta se siente en paz, como si fuera un hogar. Un verdadero hogar. Acaba de regresar del trabajo y su mujer lo recibe feliz y dispuesta para una velada encantadora. Solo falta la música.

Un poco de jazz.

Ah, sin jazz la vida sería una completa mierda.

Dime algo, le pide ella.

Él abre los ojos de nuevo.

¿Qué quieres que te diga?

Querías hablar, pedirme un par de cosas. Eso has dicho.

¿Vas a quedarte ahí de pie todo el rato?

Nerea se sienta frente a él, en la otra butaca. Cruza las piernas. Lleva unas sandalias muy bonitas que dejan al descubierto los dedos de sus pies, con las uñas pintadas de un color claro y transparente. Tiene los tobillos huesudos, un par de venitas marcadas en la piel. Si Yoly le contó todo lo que hicieron, sabe de sus gustos.

Sí, quería pedirte algo, dice; se ha rendido.

Ordena sus ideas.

Necesito saber con quién estuvo Yoly pongamos... las dos últimas semanas.

Ya sé por dónde vas.

Bien.

Quieres que le pida a Sonia el listado de sus clientes.

Sí.

No.

¿Por qué?

¿Estás loco? ¿Por qué iba a dármelo?

Le dices que Yoly ha desaparecido, cosa que es cierta, porque no la habrán localizado y hoy dejará colgado al tal Renan en el Majestic. Le dices que piensas que se ha enamorado, que tal vez se haya fugado con uno de sus clientes. Le dices que la estás buscando.

Muchos clientes no dejan datos. La agencia es discreta.

Pero la señora Claudia no va a dejar que sus chicas vayan por ahí sin control, ¿verdad? Hay mucho sádico suelto. Además, un tipo que se lleva a una modelo como señorita de compañía a Roma o a París no es un desconocido.

¿Y qué harás si te consigo esa lista?, ¿matarlos a todos?

No.

¿Investigarlos?

Dos semanas. ¿Cuántos pueden ser?

Estamos en crisis. No muchos. Tres, cuatro, cinco...

¿Todos los clientes pasan por la agencia?

Sí.

¿Y si hacéis algo... privado?

Debemos comunicarlo a la agencia, y darles su parte. Tenemos un contrato. La agencia nos cuida, nos proporciona protección legal en caso de algún problema, atención médica... No nos dicen que no hagamos nada, pero quieren el control pleno.

Háblame de esa coordinadora, Sonia.

Es una mujer de unos treinta y siete años, muy guapa. Tuvo un accidente hará cosa de cinco o seis y casi perdió una pierna. Cojea tipo House.

¿También era modelo?

Sí.

¿Y la señora Claudia?

Tiene sesenta años, es muy seria, grave.

¿Desde cuándo la Agencia Stela, además de representar modelos para la pasarela o sesiones fotográficas, las maneja para encuentros sexuales?

Ni idea.

¿Harás lo que te pido?

Mañana puede que la mujer de la limpieza esté bien y dé la alarma.

Mañana a primera hora vas a la agencia.

De acuerdo…, suspira.

No te pasará nada, tranquila.

Nerea no responde.

¿Estás bien?, quiere saber él.

Tampoco lo hace ahora.

Solo lo mira.

¿Vas a quedarte?

¿Quieres que me quede?

No.

Entonces me iré.

Bien.

No se mueven. Siguen sentados.

Siento que nos hayamos conocido en estas circunstancias.

Yo también.

Aunque probablemente, si las circunstancias hubieran sido otras, no nos habríamos conocido.

Sí.

Eres la primera mujer que conozco a la que le gusta el jazz.

Y tú el segundo hombre.

¿Quién fue el primero?

Mi padre.

¿Me llamarás mañana cuando sepas algo de esa lista?

Sí.

Esto acabará pronto.

Te creo.

Adiós.

Buenas noches.

La puerta se cierra y ante sí tiene la escalera.

Es como bajar a los infiernos tras abandonar el paraíso.

Inicia el descenso.

Peldaño a peldaño.

Despacio.

La cabeza en otra parte.

En Nerea.

El móvil suena a la altura del vestíbulo. Ni siquiera sale a la calle.

Leo, oye la voz de Matías.

¿Qué hay?

El señor Gonzalo está preocupado.

¿Por qué?

Ningún periódico habla de esa mujer. Ningún informativo ha dado la noticia.

Esa mujer.

Yolanda, dice.

Sí, Yolanda, repite Matías.

No han dado la noticia porque aún no la han encontrado.

¿Dónde lo hiciste?

En su casa.

De acuerdo.

Se siente irritado. Mucho.

Pásamelo.

No está aquí, dice el contable. Me ha pedido que te llamara. Solo para estar seguro, ya sabes.

Sí, ya sé.

Estaba inquieto con el tema.

Si le dije que está muerta, es que está muerta.

Lo conoces, ¿no?

Sí, lo conozco.

Entre tú y yo, creo que le dio fuerte con ella.

¿Fuerte?

Mucho. Demasiado. Debía de ser una mujer excepcional.

Única, Matías. Única.

Está muy inquieto, ¿sabes?

Nunca se habría imaginado al señor Gonzalo inquieto. Y, menos aún, interesado en una zorra cara.

Una campanita repiquetea en su mente.

Si no fuera por la seguridad, porque se acostó con ese poli... Creo que habría seguido con ella. Me dijo que podía transportarlo al paraíso en un abrir y cerrar de ojos. Por eso después de pedírtelo todavía fue a verla una última vez, por si actuabas rápido. Todo un sentimental.

¿Fue... a verla?

Sí.

¿Cuándo?

La otra tarde, después de irte tú.

Él se había acostado con Yoly por la noche. Pagando.

Salió su jefe y entró él.

De la casa, de su coño.

La campanita vuelve a repiquetear en su mente.

¿Cuándo vendrás a cobrar?, pregunta el contable.

No responde, su cabeza sigue dando vueltas.

¿Leo?

¿Me pagará sin que la noticia esté en la calle?

Venga, hombre.

Ya pasaré.

No te cabrees.

No me cabreo.

Vale. Buenas noches.

Chao, Matías.

Corta la comunicación y mira la calle desde el vestíbulo. La calle oscura. La calle vacía. La calle que no lleva a ninguna parte salvo a su casa. La calle que no siempre es amiga, sino un laberinto, un dédalo de asfaltos infinitos.

No se mueve.

Ya no escucha la campanita.

Algo tira de él.

Hacia arriba.

Nerea.

Vete, rezonga en voz alta.

Pero no se va.

No se va.

No se va.

Ya no lleva los pantalones ni la blusa.

Lleva la bata hasta los muslos.

Abierta.

Un camino que la abre en canal.

La separación de los senos, el vientre plano, el ombligo hundido, unas braguitas blancas, el origen del cielo.

No hablan.

Solo se miran.

Hasta que ella da media vuelta y se aparta de él, caminando descalza por el pasillo.

Cierra la puerta y la sigue.

De vuelta a la sala, con Nerea que ni siquiera se tapa. Le mira los pies, las piernas. Las bragas están húmedas por abajo.

Se lo dice.

Estás mojada.

Sí.

Joder...

Eso.

Ven.

Va.

La mano izquierda abre la bata, la rodea por la espalda y siente la carne, dura, suave. Podría mirarle los pechos, pero la mira a los ojos. La mano derecha desciende por el vientre, se introduce bajo las bragas y alcanza el sexo, la nieve en polvo por la que esquían sus dedos, el lago viscoso por el que desliza la barca de su mano. Le separa los labios, la roza con el dedo...

Nerea lo desafía.

Sus ojos son brasas.

Mezcla de rabia y deseo.

No empieces lo que no vayas a terminar, le dice.

¿Tan caliente estás?

Iba a masturbarme, ¿tú qué crees?

Le hunde el dedo en la vagina.

Y ella gime.

¿Caliente por mí?

Lo estoy, y tú eres el único tío que está cerca.

Así que...

Aprovéchalo.

Eso lo complica todo, ¿sabes?

Otro gemido.

La mano se mueve. El pulgar le excita el clítoris. El dedo medio ya está dentro, explorando la cueva de los sueños.

Nerea le toca la entrepierna. La tiene dura.

Jadea y entreabre la boca.

La besa.

Se abalanza sobre ella y la besa, sin dejar de rodearle la cintura, sin dejar de excitarla con la mano. La besa y Nerea abre más y más el tajo carnoso de sus labios. La lengua es un órgano vivo. Se mueve, se encuentra con su gemela, se enzarzan en una pelea por el dominio bucal. Su boca es grande y generosa, cálida y tan húmeda como su sexo.

Nerea separa las piernas.

Se ofrece.

Le regala todo.

Hasta que él le quita la bata.

Las bragas.

La deja desnuda.

Increíble.

Un disparo en mitad de la razón.

Joder, nena...

¿Por qué tienes que hablar tanto?, le dice mientras empieza a desnudarlo.

15

Eres un tipo afortunado, le dice.

¿Por qué soy un tipo afortunado?, quiere saber.

Primero Yoly, después yo...

Yoly está muerta.

Nerea aprieta las mandíbulas.

Vaya…, suspira, sabes cómo alegrarle el día a una mujer.

Quiero decir que...

Sé lo que quieres decir.

Lo siento.

Ella le besa la frente, la nariz, los labios.

Pétalos de rosa.

Esta noche...

¿Quién te dice que esta noche vas a repetir?

Vaya…, suspira, tú también sabes cómo alegrarle el día a un hombre.

¿Eres rico?

No.

Entonces tengo que trabajar.

¿Qué más te gusta hacer?

¿Además de qué?

Además de ser muy buena en la cama.

No tengo *hobbies*. Cine, música...

Yoly escribía poemas.

Lo sé.

Me hizo uno a mí.

Lo sé. Me lo leyó.

Vaya.

Sí, vaya. De todas formas ahora sé por qué parecía una niña con zapatos nuevos.

Le acaricia el rostro. Es puro, dulce y níveo. Perdidas todas las capas, dureza, recelo, miedo, desconfianza, angustia, precaución, lo que queda es la imagen de una niña, una niña-mujer, tan hermosa que duele, como siempre.

Nerea...

No, le pone una mano en los labios, no digas nada ahora.

¿Por qué?

Porque estamos en la cama, desnudos, acabamos de hacerlo otra vez y en momentos así la gente siempre habla de más, sobre todo los tíos.

Yo nunca hablo de más.

Oh, sí lo harías, cielo. Todos lo hacéis. Y yo tengo que ir a la agencia, ¿recuerdas?

Se aparta de su lado.

No la retiene.

La ve levantarse de la cama, desnuda, y la sensación es la misma de la última vez que vio a Yoly con vida. Una mujer de bandera, una mujer diez, caminando inocente y etérea en dirección al cuarto de baño.

Va tras ella.

No volverá a sucederle lo mismo.

Otra vez no.

¿Estarás aquí?

No, en mi casa. Quiero examinar bien y con más detalle lo que me llevé del piso de Yoly.

¿Qué te llevaste?

Su agenda, su dietario... No hay mucho, pero cuando uno está en un callejón sin salida lo mejor es volver al origen.

Te llamaré.

Sí.

Adiós.

El beso de la despedida.

Les cuesta separarse.

Les cuesta.

¿Doctora Constanza?

Sí.

Soy Leo.

Ah, hola, Leo. No me digas...

Lo siento. Me es imposible.

Se le nota el fastidio.

Creo que sería mejor que...

No, escuche, la detiene. ¿Qué tal luego, quizás por la tarde? Puede pasar a alguien, cambiarlo de hora, no sé. Por favor.

Si por lo menos colaboraras más…

Colaboraré.

Eres una ostra, Leo. ¿Te das cuenta de que yo te tuteo y tú en cambio me sigues llamando de usted? Una completa ostra.

Las ostras llevan perlas dentro.

No todas. A la mayoría se las come la gente. Y vivas.

¿La llamo luego?

Si vuelves a fallar, acabamos las sesiones.

De acuerdo.

Eso es todo.

El puto tío de *Los Soprano* sabía lo que se hacía.

Llega a casa y lo primero es el ritual.

En el estudio, desmonta el arma, la limpia, luego va al taller, enciende el horno, funde el cañón, desaparece el rastro. Todo vuelve a su lugar en el orden natural de las cosas. Sin huellas. Sin pruebas. La bala que mató al cabrón del poli no será rastreada. Luego se guarda otra pistola, la última que tiene disponible.

Curioso: las manos no le sudan. Lleva así dos días.

Tiene el sabor de Nerea en la boca.

Se mezcla con el de Yoly.

Un cóctel explosivo.

Lo malo es que, en lo referente al caso, sigue perdido.

Nunca ha sido un buen investigador.

A cada cual lo suyo.

Recoge lo sustraído del piso de Yoly y se sienta con todo ello. Primero, la agenda. Compara números de teléfono con los extraídos del móvil. Dos coincidencias. Segundo, el dietario. Parco, muy parco. Nerea le ha dicho que en las dos semanas previas su amiga pudo haber tenido tres, cuatro, cinco clientes. Tiempos de crisis. Según el dietario son exactamente siete citas, tres con el mismo. Pero no hay nada de la visita sorpresa del señor Gonzalo la tarde del día que le hizo el encargo, la tarde de la noche en que él se acostó con Yoly. Nada.

El señor Gonzalo.

Frunce el ceño y siente el corazón acelerado.

Aquella campanita, mientras Matías se lo contaba...

Y vuelven a sudarle las manos, de pronto.

Yoly murió por acostarse con un poli.

A eso se le llama seguridad.

¿Podría matarlo el señor Gonzalo a él, o involucrarlo, por venganza o para quitárselo de encima, por haberse acostado con Yoly?

A eso lo llamaría «ataque de cuernos».

Pero le es útil.

Indispensable.

Es su hombre.

Su asesino perfecto.

¿O no?

Hace un mes le dijo:

Te haces mayor, Leo. Deberías ir pensando en la jubilación.

Y él le contestó:

Sigo siendo bueno, ¿no?

El señor Gonzalo repuso:

Los jóvenes tienen nuevos métodos.

Él preguntó:

¿Quiere que lo deje?

Su jefe se echó unas risas.

No, hombre, no. Pero el día menos pensado cometerás un error.

Yo no cometo errores.

Pero sí, los cometía: se había acostado una vez con Yoly, fingiendo ser un cliente, dominado por el morbo de aquella foto, perseguido por el fantasma de Gabri, atraído por una imagen y un deseo, y lo había hecho una segunda vez en un arrebato brutal de pasión incontrolada.

Un error.

Porque después de la segunda vez no habría podido matarla, y entonces ¿qué?

Ni siquiera había pensado en ello.

Todavía no.

Sigue examinando las cosas de Yoly. Los poemas. Nada. Son pensamientos al azar. Reflejan una inocencia absoluta. La inocencia latente en las profundidades abismales de todo ser humano. La otra Yoly.

Cada cual tiene su Hyde.

Mira la hora.

¿Por qué no llama Nerea?

La noche en que murió Yoly...

El asesino tuvo que seguirlo.

O aprovechar que estaba allí.

La noche en que murió Yoly es la clave.

Pero cuanto más se esfuerza en recordar, más la recuerda a ella.

Y son recuerdos turbios.

Puro sexo.

Yoly, Nerea...

«Los jóvenes tienen nuevos métodos».

Cortarle el cuello a una mujer hermosa como Yoly no era un nuevo método, era una chapuza.

¿Por qué no llama Nerea?

Señor Gonzalo, ¿puedo hacerle una pregunta?

Adelante.

No se lo tome a mal, es simple curiosidad.

¿De qué se trata, Leo?

Sostiene el móvil con la mano derecha. Se apoya con la izquierda en la pared. Mira hacia el exterior, a la luz. La gente normal se mueve por la calle con la cotidiana rutina, suponiendo ya que la normalidad sea una marca de fábrica o la rutina, lo más envidiable de la sociedad.

Está cometiendo un error.

Cierra los ojos.

Se ha vuelto loco.

Pero se lo pregunta:

¿Ha contratado a alguien nuevo estos días?

¿A qué te refieres?

¿Alguien más para lo mío?

La respuesta tarda.

No, dice.

Perdone.

¿Qué te pasa, Leo?

Nada, ha sido una estupidez.

Me parece que lo último sí te afectó.

No.

La miraste a los ojos.

Hizo más que eso.

Mantiene los suyos cerrados, el corazón latiendo, las manos sudadas.

Fue un trabajo limpio, ¿verdad, Leo?

Sí. Sí, señor.

¿Me lo dirías si algo hubiera salido mal?

Claro.

Entonces no te preocupes. Siempre habrá trabajo para ti. Es una lástima que sea así, pero... los negocios son los negocios. El mundo no es perfecto.

No, el mundo no es perfecto, y el señor Gonzalo, menos.

En cuanto a él...

Un lobo solitario.

Nadie lo echará de menos cuando no esté.

Puede que te necesite la semana próxima.

Bien.

¿Recuerdas al señor Silvela?

Sí.

Vuelve a retrasarse.

Tenía problemas.

Tú serás su próximo problema.

Ya me avisará.

Sí. Buenos días, Leo.

Adiós, señor.

Corta y mira la pantalla del móvil.

¿Por qué no llama Nerea?

La llamada.

Hola.

¿Dónde estás?

En mi casa. ¿Tienes esa lista?

Sonia no estaba. He tenido que esperarla. No ha sido fácil. Me he puesto nerviosa, ha salido la señora Claudia, han telefoneado a Yoly, y como no contestaba, han sugerido ir a su piso por si estuviera enferma... Creo que he hecho bien mi papel. Otra chica se enamoró de un cliente y dejó la agencia. Ahora vive retirada. La señora Claudia se ha preocupado mucho. Ha dicho que Yoly es la mejor.

La mejor.

El sexo también tiene *rankings*.

Dame la lista, le pide.

¿No quieres que te la lleve?

No.

¿Por qué?

Porque esto es urgente y, si te veo, ya sabes qué sucederá.

El silencio va y viene a través del hilo telefónico.

¿Nerea?

Toma nota.

Dime.

Siete citas en las dos últimas semanas. El primero fue un hombre de Madrid, un industrial llamado Carlos Otero Sanjuán; el segundo, un empresario de Barcelona, Gonzalo Maestre, cliente habitual porque repite otras dos veces; el tercero no dejó datos, máxima reserva, si bien luego Yoly les dijo que era un político del que no recordaba el nombre; el cuarto es un banquero de Barcelona, Agustín Recasens Mayoral, con el que pasó un fin de semana en Londres y había vuelto a solicitarla para dentro de quince días; el quinto eres tú, un desconocido llamado Ángel.

Nada de Mario Montfort.

No..., suspira ella. Si no pagaba, no podía decírselo a la agencia.

Yoly anotaba sus citas en el dietario con nombres supuestos, Manu, JM, Nero, MA, Candi, Joma y cosas así.

La mayoría de los que pueden pagar ese precio tratan de no dejar muchos rastros. La agencia actúa con la máxima discreción, lo mismo que nosotras.

Vale... Ahora suspira él.

No creo que sea mucho, lamenta ella.

Escucha, dice, cuando registré el bolso de Yoly me sorprendió que en su cartera no llevara documento nacional de identidad y que solo tuviera una tarjeta de crédito. Todo el mundo lleva encima tres o cuatro, por lo menos, la seguridad social, la del gimnasio...

Le robaron el bolso, lo interrumpe Nerea.

¿Cuándo?

Al día siguiente de tu cita con ella. Vino a verme, le presté mis llaves, fue a su piso, recogió la copia de todas y me devolvió las mías cuando comimos juntas en El Café de la Academia. Ese fue el motivo de que quedáramos. También fue al banco y le hicieron un duplicado de la tarjeta en veinticuatro horas. Lo más urgente.

¿Por qué no me lo dijiste?

No pensé que fuera importante.

¿Vio al que se lo robó?

La empujaron y tiraron de él. Bastante hizo con no caerse y lastimarse. Apenas si se dio cuenta de nada.

¿Por qué no cambió las cerraduras del piso?

Nerea no responde.

El chorro de luz los domina.

Mierda, musita como si estuviera muy lejos de allí.

Tranquila, dice él.

No, no lo estoy... Joder, Yoly...

Está llorando.

Voy a ver lo que hago con esos nombres, dice iniciando la retirada.

Podría acompañarte.

No, mejor no. Tengo que hacer esto solo.

¿Por qué?

Porque no pueden verte conmigo, por eso, dice, y porque he matado a un poli y soy un asesino, por eso, dice, y porque debes estar limpia cuando aparezcan ellos, los buitres, y te interroguen, dice.

Está bien, acepta rendida.

¿Trabajas esta noche?

Es la segunda vez que me preguntas eso.

¿Sí?

Sí.

¿Y la respuesta?

La respuesta es no.

Te llamaré.

Vale, ten cuidado.

Lo tendré.

Corta.
«¿Trabajas esta noche?».
Hay preguntas insidiosas, cabronas.
Perversas.
Si se repiten, además, son sucias.

16

Carlos Otero Sanjuán, Madrid. Un político sin nombre. Agustín Recasens Mayoral, Barcelona. A los otros dos ya los conoce. Uno es el señor Gonzalo. El otro es él.

No hay mucho por donde empezar.

Y algo le dice que será inútil, aunque...

«Cierra todas las puertas antes de abrir la última».

Hay dichos sabios.

Llama por el móvil.

¿Xavi?

¡Leo!

¿Cómo estás, viejo?

¡La puta madre que te parió...! ¡Cuánto tiempo!

Ya ves.

¿Qué haces?

Trabajo, y voy de un lado para otro.

Pues debes ir mucho, porque no se te ve el pelo desde hace...

Es lo que hay. ¿Y tú?

¿Yo? ¿Es que ni siquiera lees mi periódico? Mi nombre sigue saliendo en lo que escribo, ¿vale?

O sea que sigues siendo periodista, dice.

O sea que no llamas para quedar, lo entiende Xavi.

No.

Cabrón...

Venga, hombre.

Suéltalo.

¿Te suena de algo un banquero de nombre Agustín Recasens Mayoral?

Coño, claro. Es un pez gordo del BBVA.

¿Dónde lo encuentro?

¿Dónde vas a encontrar a un banquero? En el banco, oficina central. Tal y como están los tiempos, con la crisis y todo eso, ahora creo que viven en sus despachos, clavados con tachuelas al parqué, porque si salen cinco minutos igual los echan.

A ese no creo.

¿Por qué?

Se monta viajes con chicas de compañía. El último, a Londres. El próximo, dentro de dos semanas.

Oye, ¿me estás dando una exclusiva?

Te digo lo que hay.

¿Sabes si a la chica se la lleva pagando él o con fondos del banco?

Ni idea. No sabía que te interesara el tema.

¿Estás de guasa? No hay día que se precie en este puto país sin un escándalo de corrupción. Y qué quieres que te diga: los de los alcaldes, concejales de Urbanismo y demás basura ya se repiten tanto que no son una sorpresa. Pero pillar a un banquero con los pantalones bajados, en todos los sentidos... ¿De dónde has sacado eso?

A la chica con la que se lo montó en Londres y con la que quería repetir en su próximo viaje, dentro de dos semanas, se la han cargado.

Xavi se queda mudo.

Tengo que..., inicia la despedida él.

Espera, espera... Oye, ¿todo esto me lo dices o me lo cuentas?

Te lo digo.

Así, de pasada.

Así, de pasada.

¿Para qué quieres ver a Recasens?

Para hacerle unas preguntas.

¿Cómo se llamaba esa chica?

Yolanda Arias. Probablemente hoy encuentren su cadáver.

Leo...

También tuvo que ver con un empresario de Madrid, un tal Carlos Otero Sanjuán, y un político, aunque no sé el nombre. Trabajaba para la Agencia Stela.

Eres increíble. Me llamas para... y resulta...

Te dejo, Xavi.

¡No puedes soltarme todo esto sin más y ahora dejarme así!

Sí puedo, tengo prisa. Lo que hagas con este material informativo me la suda.

¿Estás tirando de la manta de algo?

Cuando era niño, mi madre sacudía las alfombras una vez al año, en el terrado, y por más leches que les daba, siempre caía mierda.

Hoy nadie sacude las alfombras.

Ya.

Joder, Leo...

Chao, Xavi.

¿Por qué se lo ha contado todo a un periodista?

¿Por qué?

¿Cuántas veces su instinto ha ido por delante de él? ¿Cuántas veces ha saltado antes de imaginar siquiera que lloverían las patadas? ¿Cuántas veces ha sobrevivido en el infierno?

Si todo estalla, la marea lo arrastrará.

¿Es lo que quiere?

No tiene sentido.

¿O sí?

El señor Recasens, por favor.

La recepcionista lo observa. Ella vive en su mundo. El de los jefes es otro. No está en su puesto para juzgar, pero lo juzga. El aspecto, la barba de dos o tres días, el cabello revuelto. No es el tipo de cliente que aspira a llegar al cielo del banco ni a ser admitido en los sacrosantos recintos de la realeza. Vacila.

¿Tiene una cita concertada?

No.

Entonces no creo...

Llame a su secretaria.

¿De parte?

Yolanda.

¿Perdón...?

Dígale que es de parte de Yolanda.

Llama a la secretaria. Se aparta un poco para no incomodarla. La ve hablar, describirlo. Sabe cuál será el siguiente paso.

Espere un momento, por favor.

El siguiente paso es la aparición de una mujer alta, esbelta, de buen talle, cuarenta años, sobria, carácter de sargento mayor. No se cuadra ante ella, pero casi. Viste traje chaqueta negro, blusa blanca, abierta. Luce un broche aparatoso, de diseño, en la parte izquierda del pecho.

¿Señor...?

Dígale lo que le ha dicho ella, señala a la recepcionista.

No entiendo...

El señor Recasens sí lo entenderá. Y no pienso moverme de aquí. Solo serán cinco minutos.

Es una secretaria experta. Y hasta puede que sea ella misma quien llama a la Agencia Stela para concertar los detalles. Una secretaria fiel a su jefe, dispuesta a morir por él. Lo nota en sus ojos.

Veré lo que puedo hacer, dice al fin, rendida.

Agustín Recasens Mayoral tiene cincuenta y muchos años, pero aparenta cincuenta y pocos. Alto, elegante, banquero, cabello negro peinado hacia atrás, brillante, banquero, traje caro, corbata cara, banquero, rostro curtido, ojos agudos, banquero.

Se lo imagina desnudo.

Con Yoly.

Follándosela.

La mirada del banquero mata. La suya solo atraviesa.

¿Es un chantaje?

No.

¿Quién es usted?

Respóndame a unas preguntas, me iré y jamás volverá a verme.

¿Así, sin más?

Sí.

No le conozco.

Yo a usted tampoco.

Si no es un chantaje, váyase.

Las fotografías de su mujer y sus hijos pueblan una repisa, al otro lado de la mesa, bajo la ventana. Debe de ser del Opus, porque cuenta seis vástagos.

¿O los del Opus no se van con prostitutas de lujo a Londres?

Puede que le esté salvando.

¿De qué?

Se lo dispara:

Han asesinado a Yolanda.

Lo acusa.

Como si acabase de golpearle en el plexo solar.

¿Me está diciendo...?

Sí.

¿Cómo?

Eso no importa. Probablemente hoy encuentren el cadáver. La policía llegará hasta usted tarde o temprano. Le estoy dando tiempo a cubrirse.

Tiene que apoyarse en su mesa. No se derrumba. Solo es un terremoto de escala 7,2.

¿Le dijo algo en Londres?

¿Londres?

El terremoto sube a 7,7.

No me haga perder el tiempo, le advierte. Londres, hace poco, otro viaje en dos semanas también con ella, le detalla, hundiéndole la verdad.

¿Quién coño... es usted?

Estoy investigando su muerte, es todo cuanto ha de importarle. Si encuentro al que lo hizo antes que la policía, no habrá investigación. ¿Me comprende?

Sí.

Entonces hable.

¿Y si es una trampa?

¿Una trampa?

Un montaje. ¿Y si le envía mi mujer?

No llevo micrófonos, dice, y se abre la camisa para que lo vea. No sea paranoico, y le repite la pregunta: ¿Le dijo algo en Londres?

Ya no hay vuelta atrás.

Se rinde.

No, responde frunciendo el ceño.

¿Ningún comentario, ninguna palabra fuera de tono?, ¿era feliz, estaba preocupada?, ¿le pidió algo?, ¿la notó nerviosa o alterada?

Todo fue... perfecto. Maravilloso. Algo verdaderamente... espectacular. ¿Qué quiere que le diga? ¿La conocía?

Sí.

Entonces...

¿No pasó nada raro?

No.

¿Seguro?

Seguro. Bueno...

¿Qué?

Recibió una llamada.

¿Solo una?

Tuvo el móvil desconectado los tres días, pero lo abrió un momento, solo un momento, para ver si tenía mensajes, y de pronto se encontró con esa llamada.

¿De quién?

No lo sé, no me lo dijo. Pero se incomodó. Habló en voz baja. Desde luego, era un hombre. Lo único que entendí fue que lo vería el miércoles. Nosotros regresábamos el lunes por la mañana.

Hace memoria.

Según el dietario, la cita de ese miércoles era con el tal Joma.

El único de las dos últimas semanas que repitió tres veces fue el tal Joma.

El señor Gonzalo.

¿Eso es todo?

Cortó la comunicación, apagó el móvil, se tomó una copa de cava y me sonrió. Sí, eso fue todo.

Todo.

Agustín Recasens Mayoral sí aparenta ahora cincuenta y muchos, es menos alto, tiene los ojos más muertos y los efectos del terremoto indican grandes daños, pero sigue siendo banquero.

Váyase, por favor.

Él asiente.

¿De verdad cree que, si encuentra al que lo hizo, acabará todo?

Recuerda a Xavi.

Sí, miente.

¿Es detective o algo así?

No.

Si lo fuera, le contrataría.

Al diablo con todo. Ha puesto una carga de dinamita debajo de Yoly. Una carga que estallará en cuanto aparezca el cadáver y la policía entre en sus vidas como un elefante en una cacharrería. Se los llevará por delante, a la mierda.

Incluso a él.

O no.

Todo es cuestión de tiempo.

Y de saber de qué coño le está advirtiendo su instinto desde hace rato.

Buenos días, señor Recasens.

El banquero no le responde.

Tiene muchas estrategias que decidir.

Cuando sale de su despacho, la secretaria está pálida.

El señor Gonzalo la llamó a Londres.

Obsesión.

Perdió la cabeza por ella. Más de lo que le dijo. Y luego, al saber que se veía con un poli..., decidió arrancársela de dentro sin más, de manera radical, por precaución, pero también por ira.

El señor Gonzalo.

Se apoya en un árbol.

El señor Gonzalo estuvo con ella aquella tarde, antes de llegar él.

Se lo dijo Matías.

Estuvo con ella.

Fue a verla sin más, sin cita, porque no estaba en el dietario. Se presentó en casa de Yoly y...

Si luego lo vio a él...

Subir y no bajar.

Y no para matarla.

Se folló a su presunta traidora.

Se folló a su obsesión.

Él, Leo, su ejecutor.

Y volvió otra vez, para repetir, sin pagar, no como cliente sino como hombre, porque Yoly ya estaba metida dentro de él.

¿Lo supo el señor Gonzalo?

¿Cómo?

Las obsesiones son siempre poderosas.

Nublan la razón.

Matan.

Come en un bar.

No tiene hambre, pero come.

Ensalada, merluza, arroz con leche, pan y agua.

Y sigue, sigue pensando.

Atando cabos.

Pequeños, sueltos, divergentes, pero cabos a la postre.

El señor Gonzalo se enchocha de algo más que de una puta de lujo. El señor Gonzalo se hace cliente adicto y adictivo de ella. La puta de lujo está sometida al chantaje de un poli corrupto, asociado a uno del ladrillo, que pretende hacerla servir de trampa para la caída de un concejal honrado. El señor Gonzalo, obsesionado, quizás haciéndola ya seguir, descubre que ella se acuesta con un poli y decide acabar con el tema. El señor Gonzalo lo llama a él. Le encarga matarla. Aquella tarde, el señor Gonzalo va a verla por última vez. Una despedida. Casi un deje romántico. Por la noche, él llega a la casa de la puta de lujo y se la folla. La puta de lujo se convierte en Yoly. La puta es una puta, pero Yoly es Yoly y a Yoly no se la saca de la cabeza y vuelve. Pero antes, alguien le ha robado el bolso, con las llaves. Justo al día siguiente de estar con ella la primera vez. Cuando vuelve la segunda, está claro que algo está pasando. Algo no previsto. Algo que... al señor Gonzalo le cabrearía mucho.

Tanto como para matarla a ella y joderlo a él.

Sigue habiendo cabos sueltos, preguntas, pero el cuadro es muy real.

El día es precioso.

Un buen día para morir.

Matías.

Hola, Leo.

Vendré a cobrar luego.

Cuando quieras.

¿Estará el señor Gonzalo?

Llegará a eso de las cinco o las seis. ¿Tienes que verlo?

Tal vez.

Se lo diré.

No, no se lo digas.

Bueno.

¿Puedo preguntarte algo?

Claro.

La mañana después de que yo hiciera mi trabajo y cumpliera ese último encargo, me llamó para preguntarme si lo había hecho. Era la una y cincuenta minutos.

Ah, no lo sabía.

Parecía feliz y contento.

¿El otro día?

Sí.

Déjame que recuerde...

Vale.

Sí, sí lo estaba, dice Matías. Muy contento. Llegó así. Me extrañó porque todo el día anterior estuvo de muy mala gaita. Pero en cambio esa mañana...

¿Algún comentario especial?

Dijo que todo volvía a su orden natural.

¿Dijo eso?

Sí.

¿Algo más?

No sé... Bueno, habló de cambios.

¿Qué clase de cambios?

No sé. Cambios. Me pasó una mano por encima de los hombros y... Bueno, no es usual que haga eso, ¿sabes? Es raro que tenga momentos así. Me la pasó y dijo que lo peor de la vida era lo que quedaba atrás, sin posibilidad de regresar, muerto y olvidado, pero que lo mejor, a cambio, era todo lo que estaba por venir. Adiós a lo viejo. Bienvenido lo nuevo.

El señor Gonzalo filósofo.

Extraño.

Otro cabo.

¿Por qué no apuntó los días y las horas de las llamadas, además del número, cuando examinó el móvil de Yoly? Quizás lo habría intuido todo mucho antes pese a que el registro atendía solo a los últimos días.

¿Te dijo que me daría un plus por el trabajo?

No.

Bien.

¿Se lo recuerdo?

Nos vemos luego, Matías.

¿Doctora Constanza?

Sí, Leo.

¿Puedo venir a las cuatro o cuatro y media?

Pero ¿te crees que...?

Por favor. Es importante.

Un suspiro prolongado.

Déjame ver.

Espera.

Espera.

Le tiene afecto, sí. Debe de ser un bicho raro, una mente inexplorada, un reto, un desafío para ella. Es una mujer peculiar, inteligente. Tuvo suerte de encontrarla. Solo quería a alguien como la doctora Jennifer Melfi, la psiquiatra de Tony Soprano. O más. Alguien como Lorraine Bracco, poderosa, rotunda, enfrentada al duro James Gandolfini. Sí, una mezcla de todo ello, los actores y sus personajes. En la serie, Tony le cuenta sus sueños y sus pesadillas, sus reflexiones, sus pensamientos llenos de simbolismos, plagados de referencias, trufados de represiones, deseos ocultos, culpas y también premoniciones. Tony estalla antes de matar. Tony arde después de matar. Folla como un poseso, pero su santa es su santa. Recuerda una escena en la que grita que su mujer no se la chupa porque esa es la misma boca con la que besa a sus hijos, que para chuparla están las putas.

La doctora Constanza no es Lorraine Bracco, ni encarna a la doctora Jennifer Melfi, pero es buena y sí, sí, sí, le aprecia.

Hay un vínculo.

Leo.

Sí.

A las tres y media.

Gracias.

17

Hay dos formas de caer.

Una, intentando agarrarte a algo, lo que sea, con desesperación.

Otra, sabiendo que es inútil, que aunque aparezca un hueco, un saliente, lo que sea, el peso y la velocidad de tu caída impedirán que te sujetes a nada.

Dos formas de caer y un mismo resultado.

Tú, abajo, hecho papilla.

Cuando se folló a Yoly saltó al vacío.

Y lo sabía.

Oh, sí, lo sabía.

Vaya si lo sabía.

Pero saltó.

Demasiada Yoly.

Que la hubiera conocido cuando ella tenía cinco años era irrelevante. Que fuera la hija de Gabri, una casualidad. La guinda del pastel. La nota curiosa. La anécdota. El detalle imprevisto. El jodido azar. La puta suerte de la vida.

Todo eso y más.

La misma puta suerte que ha puesto a Nerea en el camino de Yoly.

Nerea nunca será Yoly; es Nerea.

Y está viva.

Su sexo está vivo.
Su boca está viva.
Sus manos están vivas.
Su cuerpo está vivo.
Su alma está viva.
Demasiado para un muerto.
Él.

Barcelona parece diferente.
De pronto los turistas son igual de ridículos, pero más humanos. Los gilipollas que llevan sombreros mexicanos son estúpidamente divertidos. Las nórdicas de pieles blancas convertidas en langostas dan pena, pero tienen su pequeño sabor. Los mochileros cutres y sin dinero son románticos. Las hordas que descienden de los cruceros y que solo disponen de unas horas para «ver» la ciudad y hacerse tantas fotos como puedan o filmarlo todo para demostrar su cultura no son más que legiones de desesperados. El sol es el mismo. Las Ramblas son las mismas. Las estatuas son las mismas. La gente es la misma aunque ayer se llamaran John y Mary, hoy se llamen Giancarlo y Bettina y mañana se llamen Günter y Xucrutta. Qué más da. Barcelona siempre está abierta al mar, a los aires, abierta de piernas para que se la follen pagando, lo cual no la hace distinta de Nueva York, Londres, París, Roma, Moscú o Shanghái. La diferencia es que cuando Barcelona parece distinta, es hermosa. Un Cristo en el Tibidabo abre los brazos, igual que el Corcovado de Río de Janeiro. Pero el de Río es más famoso. Publicidad. Marketing. En Río hay favelas. En Barcelona, algo tan cuadriculado como el Ensanche. Un Cristo en el Tibidabo y un castillo en Montjuïc. Dios y la guerra. El destino eterno. Dios y la guerra. 1714. 1936. Guerras nacidas para ser perdidas. En eso Barcelona no parece diferente, es siempre la misma. La misma, segura, firme, confiada, con-

fiable. Y hoy, caminando, él la mira con otros ojos. Es un hola. Es un adiós. Cuesta darse cuenta de un amor que tienes cerca a diario. Reconocerlo. Apreciarlo. Los amores son siempre sueños imposibles teñidos de esperanza. Te acuestas con una mujer todas las noches y una mañana, al despertar, te preguntas quién es. Así que hoy ve a Barcelona con ojos de amante. En el sueño imposible ha atracado el barco de la esperanza. Camina por sus calles esperando la hora de ver a la doctora Constanza y agradece haber nacido en una ciudad así, una ciudad a la que poder querer y odiar al mismo tiempo, una ciudad que igual te tiras como te da por el culo. Oh, sí. Esa es su ciudad. Y gritaría. Coño, vaya si gritaría. Siente la adrenalina. Está tan jodido, tan cabreado, tan lleno de rabia por haber sido un imbécil que siente la adrenalina. Lloraría por Yoly. Cantaría por Nerea. Pero lo que hace es gritar por Barcelona con la pistola en el bolsillo, una cita a las tres y media y una partida de ajedrez a partir de las cinco o las seis.

Mister, please, Catalunya Square?

Por ahí, todo recto, dice señalando en dirección al cementerio de Montjuïc.

Raquel no era tan guapa como Yoly.

Raquel no era tan guapa como Nerea.

Raquel era Raquel.

Tenía veintiún años y él, veintisiete.

A los veintiún años todas están buenas.

Tiene aquellos nueve meses grabados a fuego en su memoria, igual que un parto.

Cada vez que pasa por delante de su casa mira las ventanas.

Ya no vive en ese cuarto piso.

Pero el edificio sigue, las ventanas siguen, el lugar sigue.

Le costó tres meses tirársela allí mismo. Lo recuerda como si fuese ayer.

Prométeme...

No.

¿Por qué no?

Nunca hago promesas.

¿Me quieres?

Sí.

¿Estás enamorado de mí?

¿No es lo mismo?

No, no es lo mismo. Se puede querer sin estar enamorado. Yo quiero a mis padres, pero no estoy enamorada de ellos.

¿Y de mí?

Sí.

Entonces ¿para qué quieres promesas?

Porque podría confiar en tu voz aunque no confiase en tus ojos.

¿Qué les pasa a mis ojos?

Las palabras pueden mentir, los ojos no.

¿Qué ves en ellos?

Miedo.

Yo no tengo miedo.

Miedo y vacío, desesperación y dolor.

No es cierto.

Leo, estás solo.

Te tengo a ti.

No, estás solo, contigo mismo, y siempre lo estarás, aunque compartas la vida con alguien. Lo peor de ti no es tu pasado, es tu futuro. El pasado lo conoces. El futuro lo estás haciendo día a día.

Coño, Raquel, pareces una comecocos.

Prométeme al menos que serás legal, que cuando acabe me lo dirás.

No va a acabar.

Fue el momento en que lo besó.

El beso más beso de todos los besos.

El beso inolvidable.

El beso del amor y del dolor.

El beso de la verdad.

Le tapó la boca, para que no siguiera, pero luego se lo comió, con la lengua, con los labios, con el aliento, con su cuerpo desnudo incrustado contra el suyo.

Raquel era lista.

Sabía todo.

La última noche, después de matar a Jairo, el portugués, no pudo hacerle el amor y ya no regresó.

Se lo dijo por carta.

Cobarde.

«Adiós. Lo siento. Te quiero».

Nerea.

Sí, ¿qué hay?

Esta noche habrá terminado todo.

Demasiado directo. Una llamada y, ¡paf!, se lo suelta. Ella se toma su tiempo, mastica las palabras despacio, las traga lentamente.

¿Estás seguro?

Sí.

¿Tan rápido?

Sí.

Entonces, uno de esos hombres de la lista...

No preguntes.

¿Por qué?

Confía en mí.

Le dijo el lobo a la oveja.

En esta historia no he sido el lobo, cariño.

¿Qué vas a hacer?

Arreglar esto.

¿Como arreglaste lo de Mario Montfort?

Ahora el que guarda silencio es él.

Un silencio amargo.

Oye, me... me han llamado de la agencia. Ya saben lo de Yoly.

¿Quién ha dado la noticia?

La mujer de la limpieza se ha encontrado el cadáver esta mañana, como pensabas. Ha chillado como una histérica, ha puesto el edificio patas arriba y los vecinos han avisado a la policía. A media mañana, después de que yo ya me hubiera ido de la agencia, ha aparecido Bea, otra de las chicas. Ha ido a pedirle un vestido a Yoly, se ha enterado de lo sucedido y ha ido volando a contárselo a la señora Claudia, que, a su vez, nos ha llamado a todas, por si acaso. A mí me ha dicho que no se había fugado con nadie, que la habían matado. Estaba muy afectada. Siempre habla de nosotras como de «sus niñas».

Niñas totales.

A dos mil euros la noche.

El nuevo silencio ya no es amargo. Es triste. Los envuelve, los arropa, los mece.

Un silencio hecho de nostalgias.

Oye.

¿Qué?

Ni siquiera sé cómo te llamas.

¿No te gusta Ángel?

No.

¿Y Leo?

¿De Leonardo?

De León.

Estoy demasiado asustada para reírme.

No tienes por qué estarlo.

Mañana la policía ya estará haciendo preguntas.

Mañana será mañana. Hoy es hoy. Y esta noche es esta noche.

¿Vendrás?

Sí.

¿Cuándo?

Esta noche.

Pregúntame si trabajo.

¿Trabajas esta noche?

No.

Bien.

Te espero.

Sonríe.

Pero ella no lo ve.

Son dos palabras hermosas. Casi tanto como «Te quiero».

Gracias por decirlo, susurra.

Y corta la comunicación.

18

¿Sabe lo que dicen los de Alcohólicos Anónimos cuando se presentan?

Sí.

Me llamo Tal y Tal y soy alcohólico. Eso dicen.

Es un primer paso hacia la curación, el más difícil.

Una vez le dije mi nombre, pero no le dije la segunda parte de la frase.

¿Y cuál es la segunda parte?

Tengo miedo.

La doctora Constanza guarda silencio.

Dilo, lo rompe.

¿Qué diga qué?

La frase entera.

Hola, doctora, me llamo Leo y tengo miedo.

¿De qué tienes miedo, Leo?

Tengo miedo a muchas cosas: a no sentir, a no poder escuchar jazz, a irme sin más... Sobre todo, a irme sin más, a desaparecer, a no dejar ninguna huella. Eso duele.

¿Por qué?

Piensas, coño, nadie se acordará de ti cuando estés muerto, como el título de aquella película de Victoria Abril. Pero es cierto.

Esa es la maldita cosa, ¿sabe?, que nadie se acordará de uno, y no ya dentro de cien años, sino dentro de diez, o menos, dentro de apenas unos días. Se cierra el telón, apaga y vámonos. Suena a trascendencia filosófica y todo ese rollo, pero es la verdad. Un auténtico asco. Lo malo del caso es que hasta hoy no lo he sabido.

La vida está llena de círculos que vamos abriendo y cerrando. Cuando se cierra el último decimos adiós. ¿Qué ha sucedido hoy para que te dieras cuenta de que tienes miedo?

Tengo que cerrar una puerta.

¿Qué clase de puerta?

Con el pasado, con lo que he sido, con lo que soy.

Nos pasamos la vida cerrando puertas. Es igual que lo de los círculos, pero en sentido más radical. Los círculos se cierran cuando completamos un recorrido; las puertas, cuando cambiamos y entramos en otro estadio, otra dimensión de nosotros mismos, otra era.

Sí, es exactamente eso. Yo tengo los sentimientos y usted las palabras.

¿Qué implicará el cierre de esa puerta?

Perderé mis raíces, mi identidad. ¿Quién dijo eso de que había que matar al padre para ser libres?

Freud.

Pues ese tal Freud lo diría en sentido metafórico, pero es cierto.

Pero tu padre murió hace mucho.

Hay otra clase de padres. Estás con alguien un tiempo, unos años, y de pronto abres los ojos y todo lo que era blanco es negro y lo que era negro es blanco. No sé si me entiende.

Te sigo.

Eso no es lo mismo que entender.

Aún no sé si hablas en sentido figurado, en elipsis o...

Hablo como lo siento, como que es lo que está pasando, lo que voy a hacer. ¿Ha matado usted a alguien, doctora?

¿Has matado tú a alguien?

Sí.

¿Físicamente?

Sí.

Un, dos, tres segundos.

¿Qué sentiste?

Nada.

No te creo.

Créame.

Tuviste que sentir odio, ira, perder la cabeza...

Era un trabajo.

¿Es por eso por lo que viniste a verme?

No.

Entonces, ¿por qué fue?

¿Ha visto *Los Soprano*?

¿Te refieres a la serie de televisión?

Sí.

No, no la he visto.

Lástima.

¿Por qué?

Es una buena serie.

No veo la televisión, y menos las series. Dime, ¿qué tiene que ver *Los Soprano* con que vinieras a verme?

El prota va al psiquiatra.

¿Querías imitarlo?

En parte. Creí que podría leerme la mente sin necesidad de que yo se la abriera.

Eso es imposible.

Yo leo en la suya.

¿Ah, sí?

Siente interés por lo que escondo, soy un reto. Quizás esté loco. Quizás un día escriba un libro sobre mí.

¿Te sientes importante?

Sí y no. Podría escribir un libro si lo supiera todo de mí. Lo malo es que no hay tiempo.

Tenemos más visitas.

No, esta es la última.

Sí, Raquel fue la primera que se lo dijo.

Que veía el miedo en sus ojos.

¿Y si siempre tuvo miedo?

¿Y si por eso se hizo asesino a sueldo?

Matar para vivir.

Creyó que no tenía conciencia hasta que descubrió que sin Raquel no era nada.

Una mierda.

Una mierda capaz de llorar.

Él.

Círculos y puertas.

Se trata de eso.

Abrir y cerrar.

¿Quién se da cuenta de que está cerrando la última puerta?

¿Por qué es la última visita, Leo?

Porque ya no habrá más. Pase lo que pase, ya no habrá más.

¿Pase lo que pase?

Si muero, es un adiós. Si vivo..., creo que me iré lejos. A Colombia, aunque antes pasaré por Nueva Orleans para emborracharme de jazz.

¿Por qué a Colombia?

Porque en una encuesta que hicieron hace un tiempo salió que era el país con la gente más feliz del mundo.

¿A pesar del narcotráfico, la guerrilla, la violencia, los secuestros, los desplazados internos, las minas antipersonas enterradas...?

Sí; a pesar de todo eso, salió que era el país con la gente más feliz del mundo. ¿No lo entiende? Nada puede con ellos.

¿Eso no es desesperación?

No, es inocencia.

¿Vas a huir, Leo?

No.

Cuando uno deja sus raíces, suena a huida.

Yo lo entiendo como un lavado, una regeneración, un renacer.

¿Crees que puedes morir?

Tal vez.

¿Qué vas a hacer?

Justicia.

Sabes que eso no es cierto.

Oh, sí lo es.

La justicia es algo intangible pero muy muy frágil, tan frágil que suele romperse siempre porque nadie sabe cómo utilizarlo.

¿Sabe por qué la representan siempre ciega, con una espada y una balanza? Porque la muy cabrona suelta tajos a diestro y siniestro, y la balanza solo le sirve para saber cuándo se está pasando.

Eso es humor negro de grueso calibre.

Para hacer justicia debes abrir bien los ojos y apuntar al corazón, saber a quién le das y por qué, sobre todo por qué.

Me parece que estoy empezando a preocuparme.

No lo haga, la mira. Estoy bien, sonríe. Mejor que nunca, proclama. Me estoy abriendo, doctora, insiste. Solo tiene que dejarme hablar y escuchar, se justifica. Ya no ha de decir nada, afirma.

Y ella, mujer, profesional, médica, se asoma a sus ojos y a su alma como jamás se había asomado hasta ese momento, porque la mezcla de loco y cuerdo que tiene delante se convierte en una supernova.

Un agujero negro capaz de devorarla.

El paciente incompleto.

Al pensar en ello, recuerda una película paralela, *El paciente inglés.*

Los restos de un ser humano abrasado narrando su historia a la enfermera abrasada por la vida.

De *El paciente inglés* al paciente incompleto.

Ese es su Leo.

Lo contempla absorta.

Todos estos meses he sido una válvula de escape, dice.

¿Quién no necesita de una mano en la oscuridad?, dice él.

Has ido abriendo rendijas para dejar salir la presión, nada más.

¿Sabe lo de Alejandro Magno y eso del nudo gordiano?

Sí.

Entonces, vamos, ¿a qué espera? Saque la espada.

¿Buscas liberarte, absolverte, perdonarte, culparte..., castigarte?

El miedo es libre.

No, el miedo es esclavo de todas nuestras inseguridades.

Yo jamás me he sentido inseguro. Asustado, quizás.

¿Crees que todo se ha reducido a ese miedo?

Sí.

¿Por qué?

Me lo dijo Raquel.

¿Quién es Raquel?

El amor de mi vida, el primero, el único.

¿Te marcó?

Oh, sí.

Pero la vida es una carrera de larga distancia y con obstáculos, una sucesión de amores...

No. La vida es una maratón. El primero que la corrió llegó, dio el mensaje y se murió. Ahora es lo mismo, pero sin mensaje. ¿Está usted enamorada, doctora?

Sí.

¿Qué número hace en su historial?

No es justo numerar el amor.

¿Que no? La gente dice «mi tercera mujer», «mi cuarta novia», «mi nueva relación»... ¿Cuántas veces nos enamoramos en la vida? ¿Dos, tres, cinco, catorce, una, ninguna? ¡Claro que es justo! Se puede vivir un único amor dividido en nueve mujeres, nueve partes, nueve formas de sentirlo. Y también se pueden vivir nueve amores, tan diferentes que son igual que nueve existencias completas. Todo depende del enfoque o las circunstancias. Nueve, dos, catorce, uno, veintisiete...

Siempre es la misma vez.

Entonces ¿por qué hay una mujer a la que nunca olvidas, casi siempre la primera, o la que te marca en la adolescencia o la juventud?

Porque la primera herida es la que más duele. Antes no sabemos lo que es el dolor.

Acabo de conocer a dos mujeres que han sido así. Dos heridas abiertas, profundas.

¿Dos?

Una ha muerto. La otra vive.

Entonces...

¿No le he dicho que yo también estoy muerto, doctora?

El día que Raquel se casó, embarazada, él estuvo al otro lado de la calle, frente a la iglesia.

Estaba preciosa.

De blanco y con bombo, pero preciosa.

Él se llamaba Bernabé y era un buen tipo.

Oh, sí. Eso: un buen tipo.

Serio, formal, trabajador, estable, atractivo, buen hijo, buen nieto, buen sobrino, buen primo, buen ciudadano, buen candidato a una vida casi perfecta con la mujer perfecta y con hijos imperfectos.

Un año después lo tuvo a tiro.

Llegó a sacar la pistola, a ponérsela en la espalda, a sentir el deseo, la quemazón. No era un encargo. No iba a cobrar por ello. Era solo mono. Mono de pegarle un perfecto tiro y mandarlo al perfecto mundo del más allá perfectamente eterno. Rozó el gatillo. Entonces el vagón de metro hizo un vaivén, todos oscilaron de un lado a otro, el cañón del arma se le incrustó en la carne, se volvió, lo miró y sonrió. Sonrió estúpidamente. Sonrió con la misma sonrisa con la que había enamorado a Raquel y con la que debía de jugar con su hijo. Sonrió y lo desarmó, porque nadie puede matar a alguien que le sonríe antes de mandarle al otro mundo. Y, además de sonreír, le dijo: Parecemos sardinas en lata, ¿verdad?, y el dedo dejó de oprimir el gatillo, perdió fuerzas, y respondió: Oh, sí, hoy va muy lleno, y Bernabé hizo el comentario más estúpido del universo en un mes de agosto: Hace calor, y él se dejó llevar por la inercia, mientras la mano derecha guardaba la pistola invisible entre la gente y la izquierda se sujetaba a la barra, así que agregó: Calor es poco, y Bernabé: Un día nos fundiremos todos y al llegar a la estación habrá charquitos de sudor, y él: Y que lo diga, y Bernabé: Tenga cuidado, no le roben la cartera, y él: Descuide, y Bernabé: ¿Le he visto en alguna parte?, y él, pensando en si Raquel aún pudiera guardar sus fotos: No, no creo, y Bernabé: Pues soy buen fisonomista, y él...

Él...

Coño, ese día se dio cuenta de que todavía quería a Raquel.

Por eso no lo mató.

Por eso y porque era inocente.

Se mata al santo por diablo, al diablo por santo y al diablo por diablo, nunca al santo por santo.

Jamás volvió a verlo.

Ni a Raquel.

¿Qué sientes ahora mismo, Leo?

Paz y alivio.

¿Crees que esto es una confesión, una liberación...?

Se lo piensa. Reflexiona. Nunca había sentido la necesidad de hablar hasta ese momento.

Todo porque cree que va a morir, de una forma u otra.

Además.

Porque lo hará, matará, pero pagará por ello.

¿Justicia poética?

Chorradas.

El puto destino.

Eso del *quid pro quo* y tal.

Más bien siento que le estoy abriendo una ventana a una amiga.

¿Es lo que soy para ti, una amiga?

Sí.

¿No tienes amigos o amigas?

No.

¿Siempre solitario?

Sí.

¿Por qué?

No lloras por lo que no sientes.

¿Y esas dos mujeres?

En apenas unos días, ya ve, lo dice con admiración. ¿No es increíble? Dos y juntas. Y, además, a una la había conocido cuando era una niña. Dos mujeres y el lío más espantoso. Como rodar por una pendiente sin poder detenerte.

Así que se trata de eso, del amor.

No, no lo simplifique.

¿Un despertar?

Mejor.

Antes has dicho que sentías paz y alivio. Paz de espíritu, pero alivio... ¿de qué? ¿Por qué?

¿Sabe lo que es una espiral infinita?

Sí.

Pues eso. Ni me percataba de que daba vueltas y más vueltas en círculos, sin llegar a ninguna parte, conforme con todo, estable, bueno y seguro en lo mío, que es más de lo que mucha gente puede decir de lo suyo. Ya sé que la mayoría también da vueltas en círculos sin enterarse, pero ese es su problema. Yo acabo de detenerme. Usted y yo nunca seremos la doctora Melfi y Tony Soprano, y eso está bien. Tampoco mi historia acabará como acabó la serie, con Tony, su mujer y sus hijos, en un bar, pidiendo comida y bebida. Pum. Fundido en negro y sube la música. Ya está. Adiós a un montón de años siguiendo sus peripecias cada semana. Mucha gente se cabreó por ese final. Querían que la cosa acabara a tiros porque para algo era una película. Y no. ¿Quién imita a quién?, ¿la vida a la ficción o la ficción a la vida? En la vida real es donde hoy están los tiros. Hay más balas en ella, créame. Encima, si yo fuera Tony Soprano y usted la doctora Melfi, ahora la escena se cortaría, no terminaría porque en el cine o la tele ninguna escena acaba del todo, habría un plano suyo o un plano mío, soltando una frase de esas que cortan el aliento, y a otra cosa. En cambio usted y yo seguimos aquí, no sube ninguna música y esto sigue y sigue y sigue. No sé si me entiende, no sé si puedo explicarme mejor, siento que estoy hablando más de lo que he hablado en estos meses, pero que no soy capaz de articular nada con sentido...

Te equivocas. Sigue.

¿De verdad?

Sí, Leo. Sigue.

¿Puedo contarle una historia?

Sí.

¿Todavía queda tiempo?

Queda tiempo.

Cierra los ojos, entrecruza los dedos por encima del pecho.

Empieza a hablar, despacio:

Un hombre es conducido a la habitación de un hospital con los ojos vendados. Está muy disgustado. Más aún, está enfadado. Se queja amargamente de su caso, de su problema. Han tenido que practicarle una intervención y durante unos días no podrá ver. ¡Estará ciego! Oh, eso le parece muy duro, lo peor del mundo. Es como si le robaran unos días de su vida. Cuando acaba de protestar, la enfermera le dice que a su lado hay otra cama con otro paciente. Después los deja solos. El ciego temporal le pregunta si también está en las mismas y su compañero le dice que no, que él se irá pronto y que puede ver perfectamente. Entonces el ciego temporal le pide que le describa el entorno y el otro lo hace. Hay una ventana. ¿Y qué se ve por ella?, pregunta el ciego temporal. Un parque lleno de niños, con sus madres, muchos árboles, parejas que pasean y se arrullan, hombres y mujeres paseando perros, palomas, responde su nuevo amigo. ¡Oh, cuente, cuente, no ahorre detalles!, le pide el ciego temporal. Y así es como no solo ese día, sino los siguientes, su compañero de habitación le cuenta todo lo que él ve por la ventana, y con minuciosidad: cómo visten las mamás, a qué juegan los pequeños, qué parejas parecen más felices... Todo. Casi hora tras hora. Todo. En la habitación solo se oye su voz. Día tras día. Hasta que llega el momento en que al ciego temporal se lo llevan para quitarle las vendas. El hombre abre los ojos y se siente feliz, exultante. ¡Ya puede ver! ¡Es feliz! Se va a su casa. A los dos días regresa al hospital para una revisión, y entonces se le ocurre ir a la habitación para ver a su compañero y darle las gracias. Pero en la habitación no hay nadie. ¿Y el paciente que estaba en esta cama?, le pregunta a la enfermera. Murió ayer, dice ella. ¿Cómo es posible?, se queda sorprendido el que fuera ciego temporal, si me dijo que se iría pronto. Así es, responde la mujer, tenía una enfermedad terminal y le quedaba muy poco. Y mientras la enfermera le revela esto, el hombre mira la ventana y se da cuenta de que al otro lado no hay nada, solo una asquerosa pared de ladrillos rojos y sucios.

19

Llegas tarde, dice Matías.

¿Está?

Sí.

Bien.

¿Quieres que te prepare lo tuyo?

Sí, por favor.

No me ha dicho nada de eso del plus. ¿Se lo preguntas tú?

Bueno. ¿No hay nadie más?

Todos se han ido. A estas horas ya sabes que solo quedamos él y yo.

Gracias, Matías.

De nada.

¿Cuántas veces ha estado en ese despacho?

La mayoría para recibir un encargo.

Alguien a quien despedir.

Para siempre.

¿Cuántas veces se ha sentado en aquellas sillas, serio, profesional, escuchando al señor Gonzalo, sus argumentaciones, sus gritos, sus enfados, sus chistes, su verborrea, su ley?

Lo abarca con otros ojos.

Lo ve distinto.

Más pequeño, más tenebroso, más lúgubre por la falta de ventanas y la eterna luz débil que fluye de la lamparita abocada sobre la mesa tras la cual se sienta su jefe, tras la cual él domina el mundo, su mundo, tras la cual decide quién vive y por qué, quién muere y por qué.

Poder.

El poder de los hijoputas.

Los detalles no son caros. Está forrado, pero no luce. Los muebles son los de siempre, de madera. No hay fotos. Nadie que entre en ese lugar podrá irse sabiendo o intuyendo nada de su dueño. En una pared, archivos. En otra, estantes. En la última, dos cuadros, dos marinas, dos paisajes con la única luz del despacho. Sabe que el señor Gonzalo tiene un barco, un yate, lo que sea, pero no se lo imagina navegando. Siempre está allí, forma parte del lugar. Su única conexión con el mundo es la puerta, el pasillo al otro lado del cual están Matías y el dinero, o el dinero y Matías. El resto de la tapadera, la empresa que da al exterior, no cuenta.

Hola, Leo, ¿cómo va todo?

Cuando lo conoció era igual. Probablemente de niño también lo fuese. Hay personas que no crecen: nacen ya con la imagen que cargarán el resto de sus vidas. En aquellos días todavía había competencia. Le dijo: Si cumples, tendrás trabajo. Y cumplió. Tuvo trabajo. En aquellos días hubo que viajar a Marruecos, a Francia, a Venezuela, incluso a Asia, y matar aquí y allá. Ningún problema. La muerte no necesita pasaportes. En aquellos días forjó su pequeño gran imperio y luego solo hubo que podar el árbol. Se quedó solo.

Hubo trabajo extra con la invasión de los chinos.

Luego las mafias rusas.

Luego los búlgaros, los rumanos, los albaneses, los kosovares...

Nada que no se pudiera controlar, o pactar.

Hola, Leo, ¿cómo va todo?

Ser el perro de presa del señor Gonzalo no había sido malo, al contrario. Cuando se tienen tantas cosas, cuando se extiende el delito por tantos campos, cuando hay tantos socios o no socios, cuando hay tanta diversificación de negocios, cuando el mundo perfecto es imposible porque siempre hay quien quiere darle su dentellada...

Siempre seré un padre para ti, le dijo una vez.

Si trabajas bien, si estás a mi lado, si sabes lo que te conviene, nunca te faltará de nada, le dijo una vez.

La confianza se gana en años, pero, por desgracia, se pierde en segundos, le dijo una vez.

Hola, Leo, ¿cómo va todo?

¿Por qué quiso que la matara?

¿Qué?

¿Por qué quiso que la matara?

¿Te refieres a Yolanda?

Sí, me refiero a Yolanda.

Ya te lo dije.

Me mintió.

Pero ¿qué...?

Usted perdió el culo por ella.

El señor Gonzalo lo mira desde el otro lado de la mesa.

Frunce el ceño.

Y la luz de la lámpara disemina sombras más y más oscuras en su rostro.

Una mueca.

¿De qué estás hablando?, dice mientras se echa para atrás en su butaca.

Se la tiró aquella tarde, antes de que llegara yo.

¿Se puede saber de qué estás hablando?

¿Quién es?

¿Quién es qué?, se impacienta.

El que me siguió, el que va a sustituirme. Ese.

Leo, ¿te encuentras bien?

Sí.

Oye, me estás preocupando, ¿sabes? ¿Qué coño...?

No va a decírmelo, ¿verdad?

¡Decirte qué, joder!

Bueno, ya no importa, dice, y se encoge de hombros.

Se lleva la mano al cuerpo.

Saca la pistola.

Le apunta con ella.

¡Leo!

Supo que me la había follado, se cabreó, y más cuando volví, enganchado, como todos. Puede que de todas formas ya tuviera pensado cambiarme por alguien más joven. Da igual. Lo hizo y punto, mi sustituto, o usted. La matan y me dejan allí. Jódete, Leo. Por meterla donde no debes. Y lo bueno del caso es que Yoly no le dijo nada a ese poli. Nada. Era otra cosa. Pero cuando somos los amos del puto mundo y nos engañan, o nos quitan algo que creemos nuestro, o simplemente nos da la mala hostia... Lo fácil es lo fácil.

El señor Gonzalo ya no habla.

Escucha.

Mira la pistola.

Calcula.

Calibra.

Sobre todo porque sabe que él nunca saca su arma si no va a disparar.

Cagüen Dios, señor Gonzalo, se lamenta.

Estás loco, dice él.

¿Y qué más da?, dice forzando su única sonrisa triste.

Muy triste.

Entonces dispara.

La bala es rápida.

Y siempre habla con la misma voz, no importa el cañón del que salga.

Tap.

Podría haberle disparado entre los ojos. Rápido. O en mitad del rostro. Escandaloso. Pero lo hace en el corazón, para verle la cara de estupefacción.

Un gemido.

L... e... o...

Creía que me mataría usted a mí, que lo haría en cuanto me viera entrar por la puerta. Estaba casi seguro. Incluso habría estado bien. Pero qué más da ya.

El señor Gonzalo alza las cejas.

Mueve los labios.

A veces la muerte es lenta.

Lenta de cojones.

Allí dentro, con el corazón roto, la sangre derramándose por todas partes, con los últimos latidos tratando de bombearla para mantener el cuerpo con la vida que se le escapa...

Un segundo puede ser muy largo.

Y debe de doler un huevo.

Va a dispararle una segunda vez, no le guarda rencor. Las cosas son así y no hay que darles más vueltas.

Extiende la mano y le apunta a la frente.

No es necesario.

Los ojos se enturbian, el rigor se tensa por última vez, el espasmo final es suave, un abandono completo que marca el tránsito.

Ahora aquí y en un segundo ya no.

Adiós, señor Gonzalo.

Sigue inmóvil.

¿Qué siente?

¿Nada?

Tendría que sentir algo.

No es como matar a un desconocido.

Y todo por Yoly, le dice al cuerpo que hace unos segundos envolvía el alma de su jefe.

¿Por qué, si no?

Yoly.

Allí mismo vio por primera vez su foto, y él le habló de su terciopelo.

«Tiene un pedazo de terciopelo mojado que es una gloria».

Le dije que no era bueno matar a una mujer, sigue hablándole al cadáver.

No, no fue así, le dijo que no quería matar a una mujer.

Vale, ya da igual.

Vete.

Sigue sentado, mirándolo.

Vete, se repite.

Pero no se levanta.

El señor Gonzalo mantiene su misma expresión de desconcierto.

¿Por la muerte?

Desconcierto.

Muerte.

Va a volver la cabeza. Su instinto. Una sacudida. Igual que si el aliento del que tiene a su espalda le golpease la nuca. Va a volverla y de pronto recuerda las palabras de la doctora Constanza hace un rato, al acabar de contarle la historia del ciego temporal y el enfermo terminal.

Un flash...

¿Por qué me has contado esta historia?

Me impactó hace años.

Pero tú la tienes presente ahora.

Sí.

¿Por qué?

Quizás porque todos somos ciegos temporales lamentándonos de cosas estúpidas antes de convertirnos en enfermos terminales, sabios cuando ya no es necesario. O quizás por aquel viejo dicho de que no hay más ciego que el que no quiere ver. O tal vez porque cualquiera desea ver un parque donde no hay más que una pared, o lo que es lo mismo, que el maldito árbol no nos deja ver el bosque, o lo que es peor, como dijo Lennon, que la vida es eso que pasa mientras estamos haciendo planes para vivirla.

Son muchas razones, Leo.

Pero basta una para que pese por todas.

Una.

Y la tiene a su espalda.

Lo ve todo claro.

Diáfano.

De golpe lo entiende.

La campanita no era por el señor Gonzalo, sino por todo lo que él le ha dicho del señor Gonzalo en los últimos dos días.

Él.

Y suspira su nombre mientras lo saluda.

Hola, Matías.

20

Vaya, dice el contable.

Sí, vaya, dice él.

¿Cuándo lo has sabido?

Ahora mismo, cuando lo he matado, al verle la cara.

¿Qué cara ha puesto?

De sorpresa. No de rabia, ni de odio... Solo de sorpresa.

Vuélvete, por favor.

¿No quieres disparar por la espalda?

No es eso, es que quiero verte las manos.

Todavía tengo la pistola.

Lo sé. Tírala.

¿Y si me levanto y...?

No, no lo hagas.

Vale.

Deja caer la pistola y rebota en la moqueta haciendo un ruido sordo.

Pof.

Gracias.

Matar no es lo tuyo, ¿eh?

Vamos, vuélvete, Leo.

Hace algo más que volverse. Se pone en pie. Despacio, con las manos en alto. Matías está en la puerta. Sostiene un grueso revólver, aparatoso y grande. Casi parece un Magnum. Siempre lo ha tenido, cerca, en su mesa, por si un día a alguien se le ocurriera la peregrina idea de asaltarlos, aunque Barcelona no sea Chicago, ni Moscú, ni Nápoles.

Ahora lo usará por primera vez.

Da un paso atrás.

Y otro.

Se detiene justo al lado de la mesa del señor Gonzalo.

Joder, Matías.

Ha sido bastante improvisado, no creas.

Sí, sí, te creo. De otra forma te habría venido grande.

¿Ah, sí?

¿Desde cuándo le robabas al jefe, Matías?

El contable ladea la cabeza, sus ojos se convierten en dos rendijas. Una sombra de admiración recorre su cara.

¿Cómo sabes tú eso?

He sido un idiota, pero no soy estúpido. Basta sumar dos y dos.

Pueden ser cuatro o veintidós.

A ti debió de salirte una cifra distinta.

Dímelo. Siento curiosidad.

¿Por qué diablos ibas a querer matar al señor Gonzalo si no fuera porque lo has esquilmado?

Yo no lo he matado, has sido tú, dice con una sonrisa en los labios.

Siguiendo tu plan.

Eso sí.

Y ahora me matarás tú a mí, limpiarás el arma, se la pondrás en la mano al señor Gonzalo, me dispararás otra vez, para que queden restos de pólvora en sus dedos, y todo pasará por un ajuste de cuentas mutuo. Los dos nos liquidamos el uno al otro. Llamarás a la policía, quizás te detengan por trabajar para Gonzalo Maestre, quizás no si eres listo, quizás pases un tiempo en la cárcel por ser el contable de un mafioso, pero con unos cuantos millones esperándote...

No me detendrán.

¿Tienes preparado un plan de escape? ¿El dinero en un paraíso fiscal, más lo que siempre hay en la caja? ¿Así de hábil?

El contable se encoge de hombros.

Siento que acabe así para ti, Leo.

¿Me tienes aprecio?

Ya sabes que sí. Pero en la vida las oportunidades escasean.

Mi padre me dijo lo mismo una vez.

Los padres son sabios, lástima que no les hagamos caso.

También era contable.

No lo sabía.

Lo asesinaron.

En esto vamos mejorando.

Todo esto ha sucedido en el momento más oportuno, ¿verdad?

Verdad.

¿Por qué no desapareciste sin más?

Porque él me habría encontrado, dice señalando el cadáver con el cañón del revólver. Siempre es mejor no dejar nada a tu espalda, añade.

Más luz.

Y todo desde que tienes ese novio tan joven y guapo, dice.

Se pone pálido.

Touché.

Pálido y hasta molesto.

Qué cabrón eres, Leo.

Siempre perdemos la cabeza por amor.

Ahí te doy la razón.

¿Cómo se llama?

José María.

Pues José María te dará por el culo. Y no estoy hablando de sexo.

Cállate.

No, si te entiendo. Cuesta retener a quien se ama cuando todo empieza a caer, tú te haces más viejo y la otra persona, más interesante.

Cállate, ¿quieres?

Ahora, con dinero, José María va a ser tuyo hasta...

¡Que te calles, coño!

¿Ha sido idea suya?

Matías levanta el brazo, tensa la mano, engarfia el dedo en el gatillo. Con su cabello blanco, sus gafas, su pajarita, parece un profesor de historia. Pero sus manos suaves de dedos ágiles lo delatan. Son manos hechas para contar dinero. Son manos de virtuoso de la economía.

Dime, Matías, le provoca, ¿ha sido idea suya, de tu novio, de José María?

Le tiembla la mano.

¿Por qué ha de ser idea de José María?, se pica. ¿Por qué no mía?, se enfada. ¿Qué te crees?, se disgusta. Llevo años pagándote tus trabajos y tú solo has visto en mí lo que tus prejuicios han querido que vieras: el maricón rechoncho y discreto sentado a los pies del gran amo. Pero nunca ha sido así, ¿sabes? En apariencia sí, pero esto, esto, repite tocándose la cabeza con el dedo índice de la mano izquierda, siempre ha estado funcionando. Joder, Leo, mírate. No eres más que una pistola de alquiler. Y él..., vuelve a señalar al muerto, podría haberse retirado hace años, vivir. Tiene más pasta de la que se gastaría en diez vidas, pero ha seguido aquí, jodiendo, asesinando. No sois más que residuos. Al comienzo hasta me gustabas. Rudo, frío, distante, reservado... Oh, sí. Tuve fantasías contigo y tu pistola. Pero el tiempo siempre nos pone a cada uno en su lugar. El tiempo y otras cosas.

El amor.

¿Qué sabrás tú de amor?

Así que ha valido la pena.

Pues claro que ha valido la pena. José María lo es... todo. Todo y más. Algo que tú nunca llegarás a tener o a sentir.

Lo malo es que el señor Gonzalo estaba a punto de descubrirte, ¿eh?

Sí, reconoce, y aprieta las mandíbulas.

¿Iba a hacer una auditoría, a poner otro contable, miró los libros y aunque no entendía nada sospechó de ti, o eras tú el que estaba inquieto y comprendiste que te habías pasado y que la única salida lógica era matarlo?

No contesta.

¿Qué más crees saber?

Todo.

Leo el listo, se burla.

Leo el lógico, rectifica él.

No, no lo eres tanto.

Yo lo veo así, Matías: el señor Gonzalo se tira a una puta de lujo que está buenísima. Vale lo que le paga y más. Su peso en oro. Hacer el amor con ella es como tocar el cielo con las manos. Se enchocha y la visita con frecuencia. Hasta los más fuertes caen. A su lado es un bocazas, un completo bocazas. Puede que para deslumbrarla, puede que para hacerse el importante, el caso es que le suelta cosas. No mucho, pero sí lo suficiente. Y entonces, como ya va de culo por ella, descubre que se lo monta con un policía. Da lo mismo cómo, de casualidad o porque la sigue, lo sabe. Huy, eso lo saca de quicio. Se siente traicionado, ve fantasmas por todas partes, está seguro de que es una trampa, de que van a por él. La solución, al estilo de la casa, es simple: matarla. Muerta la voz traidora, se acaba el problema. Aquí entro yo. Me llama y me encarga el trabajo. Y yo, lejos de hacerlo rápido, como me ha pedido el jefe, me tomo mi tiempo, como he hecho siempre, pero de paso voy y también me tiro a la puta. Así es como tú, de pronto, ves el cielo abierto y tu mefistofélica cabeza monta el puzle. ¿Voy bien?

Es interesante. Sigue.

Se trata no de que yo mate a la puta, sino de que lo haga otro, adelantándose, para meterme en el lío. Probablemente José María, porque es más joven y está más en forma que tú a pesar del *footing* con que te castigas. Se trata de crear una ambientación, hacer un montaje. Para ello José María le roba el bolso a Yoly. ¿Con qué objeto? Quitarle sus llaves, no su dinero.

Vaya, arquea una ceja.

Yo no solo me he tirado a la puta, sino que repito, aunque ni tu novio ni tú sabéis si esa noche voy a matarla o no. José María me sigue todo el día, a cada momento. Esa noche espera un buen rato, se imagina de qué va la película y entra en el piso discretamente. Nos oye follar como locos. Espera oculto. Hasta tiene suerte. Yoly se levanta de la cama, se va al cuarto de baño y yo me adormilo. José María la degüella y vuelve a ocultarse para sorprenderme. Yo me levanto y me sacude cuando estoy de espaldas. Al despertar no entiendo nada, temo que me han tendido una trampa, que alguien pretende que yo cargue con el muerto. Pero la pasma no aparece. Y es que de lo que se trata es que yo me pique y me ponga a buscar al asesino. Tú sabías que lo haría. También me conoces, sabes que no le diré al señor Gonzalo que no he sido yo, porque entonces no cobraría, él sabría que me la he cepillado, y encima se subiría por las paredes temiendo que se le va a caer el mundo encima. Sabías que yo soy un cabezón y que me iba a poner a investigar.

Eres un cabezón, ¿no?

Sí.

Y has investigado.

Sí, pero con un detalle muy sutil por tu parte. Ahí me quito el sombrero. Todos los indicios para que creyera que el instigador de lo sucedido era el señor Gonzalo me los diste tú. Sembraste perfectamente el campo de minas.

No aplaude, porque no deja de apuntarle, pero casi.

Las mentes brillantes suelen imponerse a las torpes, amigo mío.

Brillante, no sé. En cuanto a si la mía es torpe... Yo estaba ciego, pensaba en Yoly, solo en ella. Pensaba también que el señor Gonzalo quería deshacerse de mí. Cada vez que nos hemos visto o hemos hablado por teléfono me has soltado una perla. Cada vez. Que si el señor Gonzalo había ido a verla aquella tarde, poco antes de que fuera yo a su casa. Que si el señor Gonzalo estaba inquieto y preocupado porque la noticia no aparecía en ninguna parte. Que si el señor Gonzalo había hablado de cambios. Que si el señor Gonzalo, la mañana siguiente de la muerte de Yoly, había llegado feliz y contento y te dijo que todo había vuelto a su orden natural... Joder, Matías. Todo falso. Todo. Ni fue aquella tarde, ni estaba preocupado, ni te habló de cambios, ni dijo esa frase a la mañana siguiente de morir Yoly. Todo falso, cabrón hijo de puta. Bien urdido, eso sí. Las dosis justas. Y yo..., yo solito, me fui montando la película en mi mollera, poco a poco, más y más. Justo la que querías que me montara: que el señor Gonzalo había descubierto que me follaba a la puta y ya no solo quería acabar con ella, sino joderme a mí, por capullo. Tengo cuarenta y siete años y una crisis existencial de cojones, vaya por Dios.

Eres bueno, lo admito, aunque ya vas un poco retrasado.

Nunca es tarde, Matías.

Para ti sí, Leo.

¿Me he dejado algo?

No.

Entonces vamos a acabar con esto.

Bien.

Me has cabreado, ¿sabes?

Lo siento.

Mientras hablaba, mientras te lo contaba todo y recordaba esto y aquello y lo de más allá, me has cabreado. Aquí, parado con ese revólver... Tú, precisamente tú, un mierda.

Ya me da igual que me insultes.

¿Y que te mate, Matías? ¿Va a darte igual que te mate ahora que lo tienes todo tan cerca y tu plan ha funcionado tan bien?

Tiene el pie metido justo donde quiere.

Al lado del cordón de la lamparita de la mesa, que cuelga indolente por su lado en busca del enchufe situado a ras de suelo.

Depende de lo rápido que sea.

Depende de que consiga arrancarlo antes de que Matías dispáre.

Depende de que, a oscuras y con las balas del contable lloviéndole, acierte a abrir el cajón del despacho del señor Gonzalo en el que guarda su arma.

De eso depende.

Pero su charla ha adormecido a Matías.

Lo ha relajado.

La fracción de segundo necesaria.

Su pie sale disparado.

Se agacha.

El fogonazo de la bala surge en el último momento de luz.

Oye su silbido tan cerca de su oreja como Ulises escuchó los cantos de las sirenas.

La segunda bala penetra en la madera.

La tercera ya no lo sabe.

Abre el cajón a ciegas.

Palpa en su interior.

Si Matías se ha abalanzado sobre él, morirá igual, disparará a ciegas y alguna de las balas le alcanzará seguro. No tiene escapatoria aunque consiga la pistola y, al menos, se lo cargue.

Pero Matías no es un héroe.

No es de los que se la juegan.

Ha intuido su idea.

Por la puerta abierta, por el pasillo iluminado en la distancia, lo ve correr de espaldas.

Una sombra recortada.

Coge la pistola del cajón.

A él sí le basta un disparo.

Le da la vuelta.

Se encuentra con sus ojos.

Dos residuos cargados de pasmo.

¡Hijo de...!

Pudiste hacerlo tú solo, le dice, matarlo y largarte con la pasta, le dice, sin necesidad de buscarte a un imbécil que pagara por ello, le dice, mucho más sencillo, le dice, pero te daba miedo cargártelo, ¿verdad?, le dice, porque era el jefe, siempre el jefe, el puto jefe, le dice, y, por si acaso, así también desaparecía yo, le dice, por si mi lealtad era superior a la tuya, le dice.

No quiero... morir...

Pues vas a morir, Matías.

No...

No te preocupes por José María. En dos días tendrá otra polla, y más joven. Si tanto lo quieres, deberías alegrarte por él.

La pu... ta madre... que...

Te he dicho que estaba cabreado, o sea que no me calientes más. Mira, podemos hacerlo fácil: te pego un tiro en la cabeza y listos. Y también podemos hacerlo difícil: te lo pego aquí, en el vientre, y te mueres igual, pero rabiando durante las dos horas que va a costarte cerrar los ojos y marcharte de este mundo. ¿Qué prefieres?

Ve el miedo.

Un miedo atroz.

Y, además, siente pena, no odio.

A pesar de Yoly y del señor Gonzalo.

Bromeaba, le dice.

Le pone la pistola en la cabeza y aprieta el gatillo.

21

El dinero lo cuenta en casa.

Todo lo de la caja fuerte.

Dos millones ciento veintisiete mil quinientos noventa euros.

Lo contempla un buen rato.

Desapasionadamente.

Dos millones ciento veintisiete mil quinientas noventa razones.

Nunca habría imaginado que allí, en aquel cubículo, hubiera tanto.

Pero no es el dinero lo que importa.

Ha montado la escena, lo ha limpiado todo, no ha dejado rastros, aunque esta vez es imposible no haber olvidado algo, una huella antigua en el lugar más insospechado, un cabello caído hace meses y que ni el aspirador del servicio de limpieza se ha llevado, cualquier cosa.

No siente nada.

Una y otra vez, no siente nada.

Está frío.

Yoly.

Nerea.

Aún no se ha ido y los recuerdos ya afloran.

En la maleta solo pone sus discos compactos.

Bueno, casi todos.

Los esenciales.

¿Para qué más cosas?

Puede comprar ropa. Puede comprar zapatos. Puede comprar libertad, vida, incluso amor teñido de esperanza.

Pero no sus discos otra vez.

En pleno siglo XXI, ¿quién recuerda a Dave Brubeck, a Gerry Mulligan, a John Lewis, a Art Pepper, a Bill Perkins, a Miles Davis, a Charles Mingus, a John Coltrane, a Charlie Parker, a Max Roach, a Sonny Rollins, a Art Tatum, a Dizzy Gillespie, a Lester Young, a...?

A tantos.

A todos.

En la maleta solo pone sus discos compactos.

La camisa que le dio Nerea.

Las bragas de Yoly.

Y un millón de euros en billetes grandes.

El resto lo divide en tres partes.

Una bolsa con medio millón.

Otra bolsa con medio millón.

Otra más con los ciento veintisiete mil quinientos noventa euros del pico.

Le cuesta bajarlo todo.

Lo mete en el maletero del taxi.

Menos la bolsa con la parte más pequeña.

Espere aquí, le dice al taxista en la primera parada.

El hombre no contesta nada, se repantiga en su asiento. No es de los que habla. No es de los que se altera. No es de los que tiene respuestas para todo, aunque sean las más elementales de la cortesía. Se repantiga y punto.

Él camina hasta la puerta con la bolsa de los ciento veintisiete mil quinientos noventa euros.

La portera lo reconoce.

A ella tanto le da que sea un cliente y Petra una puta.

Buenas noches, señor.

¿Está Petra en su casa?

Sí, sí, señor.

¿Sabe si...?

Sola, sí.

¿Podría subirle esto ahora mismo? Yo no puedo. Tengo un taxi esperándome, ¿ve? Si fuera tan amable...

Le da la bolsa.

La mujer se pone en marcha.

Y él también.

Volveré dentro de dos minutos, le dice al taxista en la segunda parada después de coger una de las dos bolsas del maletero.

Y el hombre, pese a estar en doble fila en una calle tan concurrida como Arizala, se encoge de hombros, porque mientras los taxímetros caminen, a los taxistas del mundo todo les importa un huevo, todo... salvo que, además del taxímetro, lo que se pare sea su corazón.

Allí no hay portera, y sabe que Blanca, la madre, la mujer rota, hoy estará velando el cadáver de su hija, si es que la policía ya ha terminado con ella, en cualquier tanatorio de Barcelona.

Esa Barcelona oscura a la que también se le muere la gente.

Qué putada.

Llama por el interfono.

¿Sí?

Traigo un paquete para la señora Blanca Velasco.

No está.

Lo sé. Pero tengo que dejárselo.

Suba.

Hay una mujer en el rellano. Tiene unas llaves en la mano.

Los ojos vidriosos.

No vendrá esta noche, dice.

Sé lo de su hija.

Ah, dice muy afectada.

¿Se lo dejo a usted?

No, mire, tengo sus llaves. Mejor lo deja en el recibidor, que yo tengo tres fieras, ¿sabe? No me fío de que no vayan a romper nada.

Y abre la puerta del piso de la madre de Yoly.

Y él deja la bolsa dentro.

Y ella cierra la puerta.

Dígale que es de parte de su hija.

¿Cómo dice?, y se lleva una mano al pecho, aún más afectada.

Usted dígaselo.

Bien, señor.

Era una gran chica, ¿verdad?

Mucho, responde, asomando las dos primeras lágrimas. Y tan joven… y guapa.

Lo siento.

Gracias.

Baja la escalera a pie, despacio, sin huir, pero deseando estar ya muy lejos de allí.

La tercera parada es en casa de Nerea.

Aquí sí despide al taxista.

Baja la maleta y la última bolsa.

Sube.

Tiene la erección desde mucho antes de…

Ni siquiera es momento de hablar.

Ella ya está desnuda esperándolo.

Recuerda una canción. No sabe ni de quién es.
Una de esas letras que te penetran.
Una letra perfecta.

No digas adiós,
solo mátame.
Suavemente.
He sido un extraño
en tu geografía.
Tus bosques, tus valles,
tus montañas,
tus ríos de amor.
Así que hazlo.
Suavemente.
Mátame y sé libre.
Pero no me digas
adiós.

Una letra para cada momento.
Esto es la música.
En el silencio.

¿Cuánto hay aquí?
Medio millón.
¿Y?
Es para ti.

Frío

Sigue desnuda, hermosa, con la piel blanca destacando en la penumbra, con el triángulo púbico convertido en un campo de batalla ahora quieto, con los dos pezones oscuros igual que ojos que lo miran fijamente, con la boca todavía llena de besos sin gastar, con el cabello salvaje, las manos temblorosas, las pupilas paralizadas y húmedas...

¿De dónde...?

Nadie va a echarlo de menos. Quizás así puedas dejar lo que estás haciendo. No sé. Eso es cosa tuya. Cuéntale a la policía lo que quieras menos esto, dice poniendo una mano en la bolsa.

¿Por qué?

No preguntes.

No, me refiero a por qué tienes que irte.

Él sostiene su mirada.

Triste.

Calma.

La mirada de la mujer que vuelve a ser.

Todavía quedan los ecos de sus últimos gritos y gemidos. Los ecos del orgasmo, poderoso, brutal. Los ecos de cada suspiro, de cada fuego, de cada palabra, de cada ansiedad. Quedan y forman parte de la pátina final.

No le ha dicho que vaya a irse, pero Nerea lo sabe.

El dinero es el precio.

Amanece.

Por un momento, en la calle, cree que llovizna.

Pero no.

Solo son las lágrimas de Nerea.

Su mano izquierda sostiene la maleta. La derecha se levanta para detener al taxi.

211

¿Puede esperarme aquí unos minutos?

Claro, señor.

Baja del taxi, llega a la esquina, comprueba la dirección que lleva anotada en la hoja de papel, se asegura y observa el edificio.

Relativamente bajo, relativamente sobrio, relativamente todo.

Está solo.

Está solo y rompe el cristal de la puerta con la culata de la pistola envuelta en su pañuelo.

Abre.

Sube.

Se detiene en el rellano.

Se detiene frente a la puerta.

No hay mirilla óptica.

Tararea «Take Five».

Llama.

Dos veces.

Hasta que escucha los pasos.

La tos de la protesta.

¿Sí?

Es de parte de Matías, gruñe con la voz cambiada.

Un cerrojo.

Dos.

La puerta se abre.

Y José María reacciona tarde y mal.

Tarde porque se queda paralizado. Mal porque todo su ser parece fundirse frente al silenciador y el cañón de la pistola por la que va a salir la bala que lo matará.

La bala que lo mata.

Limpia la pistola de huellas.

La arroja a la alcantarilla nada más salir de la casa.
El taxi espera.
Camina despacio, bajo la primera luz de la mañana.
Un día radiante en la radiante Barcelona.
Otra mujer a la que echar de menos.
Bien…, suspira.
Todavía tiene que decirle al taxista adónde va.